DRACULA

DRACULA

Columbia Films présente une production American Zoetrope/Osiris Films « Dracula d'après Bram Stoker », un film de Francis Ford Coppola avec Gary Oldman, Winona Ryder, Anthony Hopkins, Keanu Reeves, Sadie Frost, Richard E. Grant, Cary Elwes, Bill Campbell et Tom Waits.

Le film est réalisé par Francis Ford Coppola et produit par Francis Ford Coppola, Fred Fuchs et Charles Mulvehill, d'après un scénario de James V. Hart.
Producteurs exécutifs : Michael Apted et Robert O'Connor.
Directeur de la photographie : Michael Ballhaus, A.S.C.
Chef décorateur : Thomas Sanders.
Montage : Nicholas C. Smith, Glen Scantlebury,
Anne Goursaud, A.C.E.
Costumes de Eiko Ishioka.
Musique de Wojciech Kilar.
Coproducteur : James V. Hart.
Producteur associé : Susie Landau.

Laurédit inc.

PRESSES
DE LA CITÉ

Titre original : *Bram Stoker's Dracula*

Traduit par Jacques Martinache

© Columbia Pictures Industries Inc., 1992 ; photos : Ralph Nelson. Tous droits réservés.
© Presses de la Cité, 1992, pour la traduction française.
ISBN 2-258-03725-5

PROLOGUE

Europe centrale 1462

Depuis le départ du jeune prince pour la guerre, le sommeil de la princesse Elisabeth était troublé par des rêves d'horreur et de sang. Chaque nuit, elle luttait aussi longtemps qu'elle le pouvait pour rester éveillée mais lorsque, fermant les yeux, elle finissait par céder à la nature, elle se retrouvait errant parmi des champs de corps empalés et de membres amputés. De nouveau, elle luttait le plus longtemps possible pour s'empêcher de baisser les yeux vers les visages des soldats mutilés mais finissait, là encore, par être contrainte d'en regarder un.

Les traits du prisonnier lacéré étaient toujours ceux du prince, et Elisabeth se réveillait toujours en criant.

Cette nuit-là, une heure avant l'aube, elle arpentait ses appartements dans la partie la plus sûre du château cependant que ses suivantes, épuisées par la quasi-folie de leur maîtresse, dormaient. Dans son imagination comme dans ses cauchemars, le sang coulait, rouge et épais, des veines de son bien-aimé sous les instruments de torture de Turcs sans visage qui le retenaient prisonnier.

Le vent gémissait aux créneaux, s'engouffrait par la fenêtre ouverte sur la nuit avec des plaintes d'agonisant, d'âme en partance. Elle avait beau se dire que sa peur était sans fondement, qu'elle n'avait aucune certitude que son mari fût prisonnier des Turcs, aucune preuve concrète qu'il ait été capturé, tué ou même blessé, elle ne savait qu'une chose : la mort et l'horreur dévastaient le monde, et le seul destin d'une femme de soldat était le deuil.

Dans son état de frayeur et d'épuisement, la princesse n'avait que vaguement conscience de ce qui l'entourait. Elle avait cessé d'aller et venir pour s'arrêter dans la seule pièce où il y eût de la lumière. Un feu mourait dans l'âtre et la flamme d'une bougie brûlant sur une table contenait l'obscurité qui, juste avant l'aube, rôdait encore de l'autre côté de la fenêtre ouverte. La faible lueur du feu et de l'unique bougie ne faisait que suggérer les couleurs des tapisseries et des tentures, de la soie des rideaux du lit où le prince avait fait d'elle sa femme.

Dans ce lit, il l'avait tenue contre son cœur; il lui avait promis de revenir. Il l'avait liée à lui par un tel amour que s'il venait à mourir – elle le savait – la flamme de sa propre vie s'éteindrait comme celle d'une petite chandelle.

La flèche pénétra dans la chambre, sembla hésiter comme un oiseau las, ralentir au sommet de la trajectoire sur laquelle l'avaient lancée des bras forts et un bon arc. La princesse aux cheveux noirs se recula avec effroi comme devant l'irruption de quelque démon ailé et poussa le cri désespéré de ceux qui savent leur âme perdue.

La pointe de la flèche de guerre, aux barbelures cruelles, frappa faiblement la cire molle de la bougie, la renversa sur la table. La flamme s'éteignit.

Dame Elisabeth demeura dans sa position de recul horrifié, ses traits d'une beauté classique figés comme ceux d'une statue. Le feu mourant dans la cheminée et la lune pleine suspendue à la croisée ouest donnaient assez de lumière pour lui montrer que la flèche, messager de son destin, portait un petit col de papier.

Elisabeth déroula la bande de fin papier blanc, lut le message qu'elle portait. Le latin appris dans son enfance lui revint, mais avant même de déchiffrer les mots meurtriers, elle sut qu'ils annonçaient la mort de son prince – et donc la sienne.

Il ne lui fallut qu'une minute, se mouvant maintenant avec

le calme du désespoir et de la folie, pour rallumer la chandelle, trouver du papier et écrire la lettre qu'elle devait laisser.

Puis, courant, grimpant, elle parvint au plus haut rempart avant les premiers rayons du soleil. Le vent du matin agitait ses cheveux aile-de-corbeau sous le grand dôme du ciel que colorait à présent l'aurore. Tout en bas, encore enveloppée de nuit, la rivière sinuait au pied de la paroi rocheuse.

Criant le nom de son amour, la princesse Elisabeth s'élança pour le rejoindre, en bas, dans les ténèbres. Les pierres du parapet filèrent sous elle. Puis ses pieds ne foulèrent plus que l'air.

Ce même jour, le prince revenait au château avec une partie de son armée après avoir victorieusement défendu ses terres contre les Turcs. Le jeune seigneur chevauchait au centre d'une mince colonne de piétaille fatiguée. Ces hommes marchaient d'un pas vif malgré les lieues et les combats des derniers mois parce qu'enfin, après tant de terreur et de sang, tant de pertes, ils rentraient chez eux. Ils laissaient derrière eux l'horreur de la guerre, le massacre des blessés de part et d'autre, les corps des prisonniers suppliciés.

La route – loin de toute grande ville, ce n'était guère plus qu'un chemin – serpentait depuis l'est et menait les soldats, clignant à présent des yeux dans le soleil déclinant, vers les hauteurs des Carpates. Comme toujours au printemps, cette contrée, la leur, resplendissait d'une profusion d'arbres en fleur – pommiers, pruniers, poiriers et cerisiers. Des deux côtés de la colonne en marche s'étendait une terre pentue couverte de forêts et de bois, avec çà et là des contreforts escarpés couronnés d'un bouquet d'arbres ou d'une ferme.

La plupart des hommes portaient une pique à l'épaule, parfois une épée. Seuls quelques-uns allaient à cheval, et le plus remarquable de ces cavaliers était leur chef, le prince, aussi aguerri que n'importe lequel de ses hommes, mais distingué par son armure rouge, naguère neuve et éclatante, à présent cabossée, salie par la guerre. Un casque était accroché à sa selle, avec le javelot complétant l'épée passée à la ceinture. Un bouclier frappé de l'insigne de l'ordre du Dragon pendait de l'autre côté.

Les mois d'attente, de doute et de danger s'achevaient enfin, il était presque chez lui. Il éperonna son puissant destrier en direction du lointain château qui venait d'apparaître, gris et désolé sur le ciel.

A quelque distance du château, le seigneur fit halte, son visage s'adoucit, comme si, pour la première fois depuis des mois, la vie et l'espoir osaient couler à nouveau en lui.

« Elisabeth », murmura-t-il, comme un homme mourant de soif aurait prononcé le mot « eau ». Il éperonna à nouveau sa monture, mais avant d'avoir couvert la moitié de la route qui le séparait de son fief, il arrêta une nouvelle fois son étalon. Des bannières noires bordaient les murailles, un chant funèbre de voix de moines descendait la colline, porté par la brise du crépuscule. Un long moment, comme cela arrivait parfois au combat, le guerrier de retour eut l'impression que son cœur avait cessé de battre.

Il éperonna encore son cheval, sauvagement, cette fois, franchit une grille au galop, traversa un sombre tunnel creusé dans la roche moussue. Blême à présent, il arrêta la bête au milieu d'une vaste cour intérieure où il sauta de selle.

Un grand concours de gens s'y était assemblé – serviteurs, parents, voisins, amis, frères d'armes – mais le seigneur rentrant au château n'avait pas une seconde à leur accorder.

La haute et svelte silhouette du prince franchit l'entrée sombre de la chapelle d'où s'échappait le chant funèbre. A l'intérieur brûlait une centaine de cierges, pour la plupart disposés autour de l'autel, au fond de la chapelle, et dont les flammes ne semblaient qu'épaissir l'obscurité des recoins les plus éloignés. La foule était aussi nombreuse à l'intérieur que dans la cour, mais l'homme qui venait d'entrer n'avait d'yeux que pour le visage pâle, la forme mince et sans vie d'une jeune femme.

Brune, la beauté de ses traits épargnée par la mort, elle

gisait sur une volée de marches basses au fond de la chapelle, sous une arche de pierre, devant l'autel, ses cierges et sa grande croix de bois.

Avec un cri animal de peur et de souffrance, le prince s'avança en trébuchant, courut, s'arrêta, bras tendus vers le corps.

« Elisabeth ! » Cette fois le nom parut lui être arraché par une force capable de lui ôter son âme.

Fait étrange, la morte étendue devant lui portait des vêtements trempés, si bien que les plis du tissu collaient à sa peau. Mais il n'y avait pas que de l'eau qui imprégnait l'étoffe et coulait sur les marches basses. Le corps, horriblement brisé sous la robe qui le cachait, dégouttait encore de sang.

Dans le silence qui suivit le terrible cri, un prélat que l'éclat de son habit cérémonial distinguait des moines, fit un pas en avant, s'éclaircit la voix et, d'un ton déférent mais ferme, commença :

– Prince Dracula...

Le seigneur ne lui prêta aucune attention. Il s'agenouilla, tomba en avant, prostré sur le cadavre, gémissant, embrassant et caressant la forme morte dans le vain espoir de lui redonner vie.

Après un long moment, les épaules du prince cessèrent de s'agiter sous l'effet des sanglots et il demeura aussi immobile que celle qu'il pleurait. Un silence total régnait à présent dans la chapelle, où les moines avaient cessé de chanter.

Lentement, péniblement, il finit par se relever, promena le regard perçant de ses yeux bleus sur le demi-cercle d'hommes qui se tenaient en bas des marches.

– Comment est-elle morte ? demanda-t-il d'une voix grave, caverneuse.

Le silence se prolongea. Personne ne voulait, n'osait répondre.

Sur le visage du prince, la douleur fit place à une première trace de soupçon encore informe, annonçant une terrible colère. Il se tourna vers le prêtre qui s'était adressé à lui.

– Comment est-elle morte, Chesare?

L'homme, de grande taille, et vêtu comme pour une importante cérémonie, se racla à nouveau la gorge.

– Elle... elle est tombée, seigneur. Des remparts... sur les rochers... dans la rivière.

– Tombée? Comment est-ce possible? Comment ma femme aurait-elle pu tomber?

Encore une fois, seul le silence lui répondit. Personne n'avait d'explication – ou personne n'osait la formuler. Ce fut à nouveau au prêtre qu'il incomba de prononcer la triste vérité.

– Mon fils... la princesse Elisabeth a longtemps craint pour votre vie, pendant que vous étiez à la guerre. Elle savait que les Turcs avaient mis votre tête à prix.

» Ce matin – il y a quelques heures seulement – une flèche est entrée par sa fenêtre. Un message y était attaché. Nous savons maintenant que c'était un stratagème des Turcs. Il annonçait votre mort. Nous n'avons pu arrêter la princesse... Ses derniers mots...

Le père Chesare parut incapable de poursuivre.

– Ses derniers mots, répéta Dracula, immobile, dans un murmure effrayant. Parle!

– Elle a laissé une lettre. « Mon prince est mort. Tout est perdu sans lui. Puisse Dieu nous réunir au ciel. »

– Dieu? Dieu!

C'était un rugissement de défi jeté aux voûtes de la chapelle. Les sujets du prince, dont le demi-cercle hésitant avait commencé à se rapprocher, se reculèrent aussitôt comme s'ils craignaient l'éclair qui pouvait instantanément les frapper.

Mais oubliant Dieu, Dracula reporta son regard tourmenté sur la morte et fut saisi par l'étrangeté de son aspect.

– Pourquoi est-elle... ainsi? Mouillée, couverte de sang... Pourquoi ses femmes n'ont-elles pas fait sa toilette?

Le silence se fit à nouveau, chargé d'électricité. Inévitablement, le fardeau des explications tomba à nouveau sur Chesare.

— Mon fils, ses femmes, aveuglées par leur loyauté, espéraient la coucher ici, dans la chapelle, avant que...

Le prêtre s'interrompit.

— Oui? Oui? Avant quoi?

Livide, Chesare ne répondit pas.

— Parle, maudit prêtre!

— Elle a porté atteinte à sa propre vie, mon fils, reprit Chesare de mauvaise grâce. Et une suicidée n'a naturellement pas le droit d'être couchée ici, en terre consacrée. Ses suivantes espéraient l'enterrer en secret, avant que moi-même ou un autre représentant de l'Église...

— L'Église lui refuserait-elle les sacrements?

— Prince, cela ne dépend pas de moi, se défendit le prêtre, que la peur rendait incohérent. Son âme ne peut être sauvée. Elle est damnée. C'est la loi de Dieu...

Le prince Dracula poussa un nouveau cri inarticulé de rage meurtrière, telle la plainte d'un animal mourant. Courbant son corps mince mais musclé, il saisit à bras le corps un bénitier de pierre posé en bas des marches et, avec la force de la fureur, le renversa. Un flot d'eau claire emporta les petites flaques qui s'étaient formées sous le cadavre. Rougi par le sang d'Elisabeth, il inonda le sol de la chapelle, éclaboussa les pieds chaussés de sandales des moines battant précipitamment en retraite.

Mais ils ne purent s'éclipser en paix car le seigneur du château marchait sur eux.

— La loi de Dieu, dites-vous? Est-ce là ma récompense pour avoir défendu la sainte Église du Christ? Pour avoir massacré dix mille de ses ennemis? Alors, au diable la loi de Dieu!

Un long murmure de frayeur parcourut l'assistance.

Chesare recula en bégayant des mots incompréhensibles, plus terrifié par le blasphème que par celui qui le proférait. D'une main tremblante, il leva une petite croix de bois comme il l'eût fait pour se défendre de Satan lui-même.

Le prince saisit d'une poigne de fer le bras qui semblait le menacer du crucifix.

— Sacrilège! s'écria le prêtre. Ne tournez pas le dos au Christ. Ne...

Les mots se perdirent dans un hurlement de douleur quand le prince lui serra le bras à le briser.

— Je renonce à Dieu et à vous tous, hypocrites qui vous nourrissez de Lui, déclara Dracula d'une voix forte et claire. Si ma bien-aimée doit brûler en enfer, moi aussi!

L'os du bras du père Chesare céda sous la terrible étreinte et le prêtre tomba à genoux, poussa un cri de peur et de souffrance au moment même où la petite croix lui échappait et tombait elle aussi sur le sol recouvert d'eau bénite.

Le prince, qui semblait l'avoir déjà oublié, s'exclama :

— Si Dieu n'a pas voulu la sauver, je m'abandonne pour la venger aux puissances des ténèbres!

Bras tendus, il rugit :

— Que la mort soit ma vie!

Un nouveau frémissement de terreur agita la foule. Pris de panique, les sujets du prince se bousculaient vers la porte pour sortir.

Tirant son épée, Dracula se retourna et se rua sur la grande croix surplombant l'autel. De toute sa rage, il en frappa le centre et le symbole trembla sous le coup. Si une quelconque forme humaine y avait été fixée en position de crucifié, elle eût été transpercée près du cœur.

Une voix d'abord, puis une autre, et une autre encore crièrent que la croix saignait par sa blessure.

Une meute hurlante renversait à présent cierges et statues dans sa hâte à s'enfuir. Certains foulèrent même aux pieds, dans la confusion, le corps de la morte, et beaucoup prétendirent plus tard avoir vu le sang du Christ mêlé au sien sur le sol.

Le prince, fou de douleur et de rage, avait bondi jusqu'au tabernacle abritant les Saints Sacrements. Arrachant les portes d'or, il passa une main à l'intérieur et en sortit le ciboire, dont il jeta violemment par terre le contenu sacré.

Il retourna auprès d'Elisabeth, se pencha pour plonger le calice dans la plus profonde des flaques d'eau bénite ensanglantée, et leva la coupe pleine.

— Le sang est la vie, s'entendit-il dire, citant les saintes Écritures. Et le sang m'appartiendra!

Le prince Dracula but longuement.

Et avec cette longue gorgée, il eut l'impression d'être en train de mourir.

Ce fut une agonie terrible, qui dura éternellement.

1

Un autre jour de printemps ensoleillé, plus de quatre cents ans plus tard, à près de deux mille kilomètres du château de Dracula, Mina Murray, âgée de vingt ans à peine, était arrivée pour une longue visite à Hillingham House, impressionnante propriété de la banlieue londonienne. Quelques heures seulement s'étaient écoulées depuis que la porte de la chambre d'amis s'était refermée sur le dernier domestique qui avait aidé la jeune invitée à s'installer.

Une douce brise de mai chargée de parfums de fleurs pénétrait par les fenêtres ouvertes et agitait les cheveux noirs de Mina, assise, pensive, à une table. La chambre était de bonne dimension, comme le reste de la maison, et gaiement décorée. Le silence y avait régné jusque-là, mais le calme de l'après-midi était à présent troublé par le crépitement dur d'une machine à écrire actionnée par des doigts énergiques, bien qu'encore peu experts en dactylographie.

Le 9 mai 1897. Je suis arrivée aujourd'hui et je passerai quelques semaines chez Lucy. La vie d'une maîtresse d'école adjointe est quelque peu éprouvante, et j'étais impatiente de me retrouver avec mon amie, là où nous pourrions parler librement et bâtir nos châteaux en Espagne.

Mina marqua une pause pour réfléchir, recommença à taper.

17

Lucy et moi partageons tous nos secrets depuis que je lui ai donné des leçons particulières à l'école de Mrs. White-hill. Nous rêvons à présent de nous marier l'une et l'autre et de célébrer nos noces ensemble.

Bien entendu, quand je serai l'épouse de Jonathan, je lui serai utile, en particulier si je peux prendre en sténographie ce qu'il me dictera puis le taper pour lui avec la machine à écrire sur laquelle je m'exerce avec acharnement.

Parvenue à ce point sans presque hésiter dans sa frappe, Mina accorda à ses doigts un peu de repos. Son front lisse se fronça légèrement, ce qui altéra la beauté classique de son visage.

— Mais il me faut un texte plus... prosaïque, se murmura-t-elle. Plus... sérieux, oui. Si je veux venir en aide à mon avoué de mari, je dois m'efforcer d'être plus sérieuse... Si je dois taper les mots de quelqu'un d'autre au lieu des miens...

Mordillant sa lèvre inférieure rouge et charnue, elle chercha un texte approprié, écrit ou imprimé. Puis, après avoir jeté un regard bref et un peu coupable autour de la pièce pour s'assurer qu'elle était bien seule, elle ouvrit un tiroir du bureau et en sortit un livre : une édition spéciale reliée cuir des *Mille et Une Nuits*, de sir Richard Burton. L'illustration qui se trouvait sur la page où le livre s'était ouvert retint suffisamment l'attention de la jeune femme pour retarder la reprise des exercices de dactylographie.

Ses yeux sombres s'écarquillèrent, s'étrécirent. Elle tenait encore l'ouvrage dans ses mains, une minute plus tard, et l'étudiait avec concentration quand elle entendit derrière elle une voix familière prononcer son nom.

Elle sursauta, cacha le volume sous un pli de sa jupe, se retourna, rouge de confusion, et se détendit un peu.

— Lucy, tu m'as fait peur!

Lucy Westenra, rousse, jolie et mutine, de quelques mois plus jeune que son amie et invitée, entra d'un pas vif dans la pièce et leva les bras en feignant l'horreur à la vue de la machine à écrire.

— Mina, vraiment! Ton ambitieux Jon Harker te contraindrait-il à gâcher une magnifique journée de printemps en tapant sur cet engin ridicule alors que...

L'imagination fit défaut à la jeune fille, pour un bref moment seulement puisqu'elle poursuivit avec un humour espiègle :

— ... alors qu'il pourrait te forcer à le livrer à des actes indicibles sur le parquet du salon?

— Lucy! protesta Mina, véritablement offusquée. Tu ne devrais pas parler de mon fiancé de cette façon.

— Ah, nooon?

— Non. Le mariage ne se réduit pas au plaisir charnel.

Elle pivota sur sa chaise avec un grand geste, et le livre qu'elle dissimulait sous sa jupe glissa par terre.

D'abord surprise, Lucy fondit sur le bouquin, l'examina.

— Je vois, dit-elle. Hautes valeurs spirituelles.

Les deux jeunes filles éclatèrent de rire. L'instant d'après, assises l'une près de l'autre sur le sol, leurs jupes déployées autour d'elles, elles exploraient le curieux livre.

— Où l'as-tu trouvé? demanda Lucy.

— Dans le bureau, quand tu m'as suggéré d'y passer une heure. Il était sur une étagère derrière d'autres volumes. Il a éveillé mon intérêt.

— Il appartenait sans doute à mon défunt père, ou à mon oncle. Quels fripons c'étaient! Je comprends qu'il ait éveillé ton intérêt — regarde!

Lucy désignait une autre illustration, que Mina n'avait pas eu le temps de découvrir dans sa lecture solitaire, et qui la choquait maintenant.

— Lucy! Tu crois que les hommes et les femmes font vraiment ça?

Quoique posée sur un ton léger, la question était sérieuse. Lucy secoua ses boucles rousses d'un air mutin.

— Moi, je l'ai fait, pas plus tard que la nuit dernière!

— Menteuse! Tu ne l'as pas fait.

— Si — dans mes rêves.

Elles s'esclaffèrent toutes deux, bien que Mina eût une

légère hésitation, et que son expression redevînt vite pensive. Son amie lui prit la main, l'interrogea d'un ton mi-suppliant mi-joueur :

— Dis-moi, Jonathan est à la hauteur, comme homme, n'est-ce pas? Allez, tu peux bien me le dire.

— Nous nous sommes embrassés, c'est tout. Quelquefois, quand je me presse contre lui, il devient soudain timide et me souhaite bonne nuit.

Mina sourit à celle qui l'écoutait avec sympathie.

— Il pense qu'il est trop pauvre pour m'épouser. Il veut m'offrir une bague de prix, et j'essaie de lui dire que ça n'a pas d'importance.

Lucy cessa les taquineries et, sincèrement admirative, déclara :

— Mina, tu es la plus belle fille du monde... N'importe quel homme serait épris de toi.

— Et c'est à tes pieds que tombent tous les hommes, dit Mina, pressant la main de son amie.

— Mais pas une seule demande en mariage. Et j'ai presque vingt ans — une vieille, quasiment!

Un toussotement d'une discrétion toute professionnelle fit se retourner les deux jeunes filles. Mina referma précipitamment le livre, Lucy se leva.

— Qu'y a-t-il, Hobbs?

Le maître d'hôtel avait l'expression impassible d'un homme qui ne saurait s'intéresser aux gravures interdites que pourraient regarder de jeunes demoiselles, ni à l'objet de leur conversation. Il présenta, en équilibre sur les doigts d'une main, un plateau d'argent supportant une carte de visite.

— Un jeune gentleman, Mr. Harker, désire voir Miss Murray, annonça-t-il. Il attend dans le jardin.

Mina fut tout à la fois étonnée, ravie et inquiète.

— Jonathan, ici?

Bredouillant des excuses, elle se hâta de quitter la pièce.

De la vaste terrasse de Hillingham, une immense pelouse descendait en pente douce vers la Tamise, dont les eaux calmes étaient piquetées ce jour-là des voiles lointaines de quelques petits bateaux de plaisance. Beaucoup plus près, un couple de paons traversait avec majesté le gazon soigneusement taillé. Un labyrinthe de hautes haies d'ifs séculaires occupait un demi-arpent sous la terrasse, non loin du cimetière familial.

Dans le jardin tiré au cordeau, un homme jeune, d'allure énergique, de quelques années seulement plus âgé que Mina, élégamment vêtu comme pour se rendre à son bureau de la City, s'efforçait avec bonne humeur et peu de succès d'attraper un papillon dans son chapeau haut-de-forme. Il se retourna en entendant le bruit des pas de Mina, et son beau visage s'éclaira en la voyant.

— Jonathan, qu'est-ce que vous faites ici? demanda-t-elle en se jetant dans ses bras.

Quand il lui donna un vrai baiser, elle s'écarta de lui, quoique juste un peu.

— Vous avez bu? au milieu de la journée?

Elle savait que ce n'était pas dans les habitudes de son fiancé. Jonathan Harker ouvrit à nouveau les bras, faillit laisser tomber son chapeau.

— Je suis ivre, mon amour, mais ivre de succès! s'écria-t-il. Vous avez devant vous le futur associé du cabinet Hawkins & Thompkins. (Avec de grands gestes, il dessina dans l'air une enseigne imaginaire.) Hawkins, Thompkins & Harker — cela sonne bien, vous ne trouvez pas?

— Jonathan! Associé? C'est merveilleux.

Harker se calma un peu.

— A vrai dire, mon ex-supérieur et rival pour cette promotion, Mr. Renfield, a perdu la raison... et j'ai été choisi à sa place.

— Oh! Jonathan, je suis si heureuse pour vous! dit Mina, qui se jeta à nouveau dans les bras de son fiancé. Cela signifie que nous ne sommes plus obligés d'attendre, n'est-ce pas? Nous pouvons nous marier tout de suite – il faut que j'annonce cela à Lucy. Quand nous marierons-nous? Quand?

Harker coiffa son couvre-chef afin d'avoir les deux mains libres pour tenir tendrement la jeune fille par les épaules.

– Dès mon retour.

– Votre retour? fit Mina, à nouveau étonnée.

– Je pars aujourd'hui même pour la lointaine Europe centrale. Une affaire que Mr. Renfield, malade, n'a pu mener à son terme.

– Parlez-m'en.

Harker prit le bras de Mina, l'entraîna dans une promenade autour du jardin. Leurs pas suivaient machinalement les allées parfaitement entretenues, et de temps à autre, il tapotait la petite main posée sur son bras. Devant eux, les paons poussaient leur cri étrange.

– Un aristocrate du fin fond de la Transylvanie acquiert une propriété – plusieurs propriétés – dans les environs de Londres, et on m'envoie là-bas conclure les transactions. La question d'argent ne se pose pas – nos honoraires seront substantiels, c'est le moins qu'on puisse dire. Extraordinaire, non? Vous imaginez le pouvoir que ce genre de fortune confère? Songez-y, Mina!

– Je pense à notre mariage, Jon.

– Comme je vous l'ai dit, nous pourrons le célébrer dès mon retour – nous avons à présent les moyens d'en faire quelque chose de fastueux, dont Lucy et ses amis aristocratiques parleront avec admiration.

Leurs pas les avaient conduits près de l'entrée du labyrinthe. Mina s'arrêta, regarda le début de l'allée ombragée.

– Je ne me soucie pas vraiment d'eux – de ce qu'ils diront. Je désire simplement que nous soyons heureux – ne le voyez-vous pas?

Son compagnon la contemplait avec amour.

– Et nous le serons, mon petit rossignol, assura-t-il. Je sais ce qu'il nous faut, à tous deux.

Un petit nuage avait obscurci le soleil.

– Bien sûr, dit Mina. Nous avons attendu si longtemps, n'est-ce pas?

Cette allusion, quoique indirecte, au temps qui passait

incita Harker à lâcher le bras de la jeune fille et sortir sa montre de son gousset. Il fronça les sourcils.

— Je ne m'étais pas rendu compte... Chérie, je dois filer. Ne vous en faites pas, je vous écrirai, c'est promis...

— Jonathan, je vous aime.

Et Mina les surprit tous deux par la férocité de son baiser.

2

Ce fut un baiser dont Harker se souvint avec tendresse une semaine plus tard. Au cours des six jours écoulés depuis son départ de Londres, le jeune avoué avait passé la plupart de son temps dans un train ou un autre et mis de nombreux et pénibles kilomètres de voie ferrée derrière lui, en inhalant une grande quantité de fumée de charbon.

Il se trouvait pour le moment dans une voiture du fameux Orient-Express, qui l'avait conduit de Paris à Budapest, et qui l'emportait plus loin encore vers le soleil levant. La destination finale de ce train – mais Harker n'avait pas l'intention de rester à bord jusque-là – était le port de Varna, sur la côte bulgare de la mer Noire.

Jusqu'à présent, Harker avait trouvé le voyage éreintant, mais certes pas ennuyeux. Les changements de coutumes, de langue et de paysage avaient plus que suffi à le convaincre qu'il avait à coup sûr quitté les populations et les contrées plus ou moins familières de l'Europe occidentale.

Prévoyant, il s'était muni de plusieurs cartes, de guides et d'horaires des chemins de fer qu'il avait trouvés très utiles. Si, depuis des jours, maintenant, les cartes demeuraient presque continuellement pliées dans ses poches, il les avait étudiées assez longuement pour se remémorer en détail ce qu'elles avaient à dire sur la région qu'il s'apprêtait à traverser.

La région où résidait son client plutôt mystérieux se trouvait à l'extrême est du territoire appelé Transylvanie – ce qui signifie, bien sûr, « le pays au-delà de la forêt ». Un des guides consultés par le jeune avoué affirmait que toutes les superstitions connues au monde se retrouvent dans le fer à cheval des Carpates, comme s'il était l'œil de quelque cyclone imaginaire. Harker avait dans l'idée que cela pouvait rendre son séjour intéressant, et il projetait de questionner le comte Dracula sur certaines des plus curieuses croyances locales.

Pendant toute la septième journée du voyage, le train parut musarder à travers un paysage qui impressionna Harker par la diversité de ses beautés. Des bourgades, des châteaux apparaissaient parfois au sommet de collines escarpées tandis que la voie longeait le cours de rivières qui, à en juger par leurs bords caillouteux, devaient être sujettes à de fortes crues. A chaque gare, grande ou petite, il remarquait des groupes de gens, vêtus de costumes fort divers. Certains rappelaient à Harker les paysans de France ou d'Allemagne avec leur veste courte, leur chapeau rond et leurs pantalons rustiques; d'autres lui semblaient très originaux. Les plus étranges étaient les Slovaques qui, aux yeux du voyageur anglais, paraissaient barbares avec leur grand couvre-chef, leur ample pantalon d'un blanc sale, leur chemise de lin blanc et leur lourde ceinture de cuir, large de près de trente centimètres et cloutée de cuivre.

Le jeune Anglais sortait fréquemment de sa poche le carnet dans lequel il avait décidé de tenir le journal au jour le jour, et quelquefois heure par heure, de cet intéressant périple. Il était impatient de faire partager toutes ces impressions à Mina.

La dernière de ses notes soulignait :

La région qui est ma destination s'étend aux confins de trois États – Transylvanie, Moldavie et Bucovine – au cœur de la chaîne des Carpates – pour un Anglais moyen comme moi, l'une des contrées les plus sauvages et les moins connues d'Europe.

25

La voie ferrée ne pouvait conduire Harker plus près de son but qu'à Bistritz, ville de quelques milliers d'habitants, et c'est là qu'en fin d'après-midi, il descendit du train. L'endroit était à coup sûr assez pittoresque avec les ruines d'anciennes fortifications qui l'entouraient, et Harker eut le plaisir de découvrir que, conformément aux instructions méticuleuses du comte Dracula, une chambre lui avait été réservée à l'*Hôtel du Krone d'Or*.

Lorsqu'il se présenta à la réception, le jeune avoué se vit remettre une lettre de son client, écrite dans une nette anglaise :

Mon ami,
Bienvenue dans les Carpates. Je suis impatient de vous rencontrer. Dormez bien cette nuit. Demain à trois heures, la diligence partira pour la Bucovine, une place vous y est réservée. Ma voiture vous attendra au col du Borgo et vous conduira à moi. J'espère que votre voyage depuis Londres s'est bien passé et que vous apprécierez votre séjour dans mon beau pays.

Votre ami,
Dracula.

Harker dormit d'un sommeil haché dans son lit du *Krone d'Or*, mais il avait bien dîné, et si la cuisine était plus lourdement épicée de poivre et de paprika qu'il n'en avait l'habitude, il était prêt à accepter cette particularité locale dans un esprit d'aventure.

Au petit déjeuner, le lendemain, on lui servit à nouveau du paprika comme assaisonnement d'une sorte de porridge de farine de maïs. Après le repas, il passa agréablement son temps à faire et à noter des observations sur des choses qui l'intéressaient.

Quand, en milieu d'après-midi, le moment vint de monter en voiture, le voyageur découvrit qu'il aurait pour seuls compagnons un négociant taciturne et deux Tsiganes, apparemment la mère et la fille. Autant qu'il pût en juger, aucun des trois ne parlait anglais ni quelque autre langue dont il eût la moindre connaissance.

En apprenant que le jeune étranger se rendait au col du Borgo, les trois autres voyageurs le regardèrent avec une expression étrange, mélange de pitié et d'inquiétude. Harker trouva cette attitude quelque peu troublante – tout comme la proximité de la jeune et voluptueuse Bohémienne qui était assise en face de lui, et dont les genoux touchaient parfois les siens dans l'étroitesse de la diligence.

La première partie du voyage se déroula sans incident, bien que le cocher menât ses chevaux à une allure plus vive que Harker ne s'y attendait. A plusieurs reprises, ses compagnons conversèrent entre eux dans une langue dont il ne comprenait pas un traître mot, échangeant des remarques qui, il en était convaincu, portaient sur lui.

Les quatre voyageurs étaient ballottés depuis plusieurs heures sur des routes de plus en plus mauvaises, et Harker mettait à profit les dernières lueurs du jour pour contempler en soupirant une petite photographie encadrée de Mina, quand soudain la jeune Tsigane, qui le dévisageait depuis un moment, parut prendre une décision.

Se penchant en avant, et souriant comme pour le rassurer, elle prit la main droite de Harker. De sa main libre, il s'empressa de glisser le portrait de Mina dans l'une de ses poches et s'apprêtait à tenter de faire comprendre à la Bohémienne qu'il n'avait pas envie qu'on lui dise la bonne aventure quand il s'aperçut que la jeune femme avait en fait l'intention de lui donner quelque chose.

Baissant les yeux avec perplexité, il observa l'objet que la jeune fille avait pressé dans sa main : un petit crucifix attaché à une fine chaîne qui semblait en argent.

Avec force gestes, les deux Tsiganes firent comprendre à Harker qu'elles tenaient vivement à ce qu'il passe la chaîne autour de son cou. Quand Harker se tourna en désespoir de cause vers le marchand, l'homme, qui mordillait sa grosse moustache, se contenta de plisser le front et de hocher pensivement la tête, comme si, toute réflexion faite, la suggestion des Bohémiennes était une bonne idée.

Prêt à faire un effort pour complaire à ses compagnons de voyage, Harker ôta son chapeau, passa la mince chaîne. Aussitôt les deux femmes furent tout sourire et satisfaction – oui, aucun doute, c'était bien ce qu'elles attendaient de lui. Il remit son chapeau, se laissa à nouveau aller contre le dossier du siège.

La gêne qu'il se fût ordinairement attendu à éprouver en se soumettant à cette coutume papiste et vaguement idolâtre ne se manifesta pas pour une raison quelconque, et il trouva au contraire le contact de la croix d'argent plutôt agréable.

Il décida de le noter en ces termes à la prochaine occasion qu'il aurait de tenir son journal.

– Merci, dit-il, hochant la tête d'une manière assez solennelle à l'adresse d'une femme puis de l'autre. Merci.

Il pensait que peut-être, bien qu'elles ne comprissent pas l'anglais, son sourire, ses gestes parviendraient à exprimer ce qu'il voulait dire. Comme il l'espérait, les deux Bohémiennes parurent satisfaites, et rien ne suggéra dans leurs mimiques qu'elles attendaient de lui une quelconque forme de paiement.

Les derniers rayons de soleil rosissaient les cimes enneigées. Quand il eut disparu, le cocher fit une brève halte pour allumer les lanternes de la diligence, puis il remonta sur son haut siège et son fouet, claquant sèchement dans l'air qui fraîchissait, pressa les chevaux de maintenir l'allure malgré le mauvais état et la pente croissante de la route.

Le prochain arrêt, selon les instructions que Harker avait reçues de son client, serait le col du Borgo.

Dans l'obscurité, les voyageurs ne voyaient plus la route mais les cahots témoignaient que son état avait encore empiré. Pour le jeune Anglais, les heures de la nuit semblaient interminables. Les lanternes allumées à l'extérieur de la diligence ne donnaient qu'une faible lumière. Pendant de longs intervalles, la lune demeurait cachée derrière des nuages dont elle n'émergeait que rarement pour faire entrevoir un terrain montagneux, mi-boisé, mi-désolé, sans les lumières d'un seul village ou d'une seule ferme sur de nombreux kilomètres.

Soudain – et de manière tout à fait inattendue pour Harker –, le cocher tira sur les rênes de ses chevaux. Par la fenêtre de la diligence, le jeune voyageur vit vaguement qu'ils étaient parvenus à une sorte de clairière, un endroit où la route s'élargissait comme pour un embranchement ou une halte, bien qu'aucune autre route ne fût visible. Il distingua cependant, au bord de la route, un immense calvaire.

Certain que le cocher comprenait au moins un peu d'anglais, Harker appela par la fenêtre :

– Est-ce que... Dites-moi, est-ce que nous y sommes ? Je...

Il n'obtint pas de réponse mais de toute évidence, c'était bien sa destination, ou du moins le cocher en avait-il décidé ainsi car l'homme, descendu de son perchoir, défaisait prestement les sangles maintenant la malle de Harker. L'instant d'après, il jetait brusquement le bagage à terre, ce qui provoqua un cri outragé de son propriétaire :

– Hé ! Faites un peu attention...

Protestation tout à fait vaine. Puis, comme si le temps était compté, le cocher se hâta d'ouvrir la porte et fit signe à Harker de descendre.

Le jeune Anglais sortit de la voiture, regarda autour de lui dans l'espoir de découvrir le véhicule qui devait le conduire chez le comte. A chaque instant il s'attendait à voir la lueur de lanternes distantes percer la nuit mais rien de tel n'apparaissait. La seule lumière, c'était celle, vacillante, des lanternes de la diligence dans laquelle une vapeur montait des bêtes éreintées en un nuage rose.

Être dehors lui permit au moins d'étirer ses jambes engourdies et de regarder sa montre près d'une des lanternes.

– Il est trop tôt ! protesta-t-il.

Il approcha l'instrument de son oreille. S'il indiquait la bonne heure – et son tic-tac était plus régulier que jamais – les chevaux fumants l'avaient amené au col du Borgo avec une heure d'avance. A nouveau, il se plaignit au cocher :

– Même si c'est le bon endroit, il est trop tôt, personne n'est là pour m'accueillir. Je...

Mais ses mots n'eurent aucun effet. Le marchand et les femmes regardaient leur ex-compagnon avec pitié – et soulagement, comme s'ils se félicitaient d'être débarrassés de lui. La portière se referma en claquant; le cocher, quand Harker le chercha à nouveau des yeux, était déjà remonté sur son siège, fouet en main.

Quelques instants plus tard, le jeune voyageur d'Angleterre avait apparemment la nuit et les Carpates pour lui seul. On n'entendait que le faible grondement des roues, le bruit des sabots qui s'éloignait, un claquement de fouet. Même avec une heure d'avance, ni le cocher ni les passagers n'avaient envie de s'attarder plus que nécessaire dans un tel endroit.

Et *ça*, qu'est-ce que c'est? se demanda Harker, tournant la tête pour écouter.

Avait-il réellement entendu un hurlement de loup? Dans un monde aussi sauvage, aussi totalement différent de la banlieue de Londres, il était prêt à le croire.

Le cri plaintif et lointain se répéta; un autre lui répondit, plus proche. Inconsciemment, l'avoué s'éloigna de sa lourde malle pour se diriger vers le calvaire à peine visible, comme pour s'accrocher à un dernier vestige de civilisation, un signe que l'humanité gardait quand même un pied dans ce monde.

Il ne s'était pas trompé, c'était bien une grande croix mais la forme sculptée qui y était crucifiée n'était pas humaine – pas entièrement.

Harker tendit une main hésitante pour toucher les jambes. Le corps de bois était celui d'un homme mais la tête était celle d'un loup.

Quittant le calvaire – si c'en était un – Harker passa quelques longues et pénibles minutes à arpenter dans un sens puis dans l'autre le même tronçon de route, fredonnant ou sifflant pour lui-même. Il s'efforça de chasser de son esprit toute idée de danger en faisant le point sur les transactions qu'il était venu conclure. C'était une affaire assez complexe concernant l'achat de plusieurs domaines.

Enfin, il entendit avec soulagement un bruit de sabots et de roues, cette fois dans une direction perpendiculaire à la route qu'il avait prise. Ses yeux accoutumés à l'obscurité distinguaient à présent le chemin qui s'en écartait, et sur lequel dansaient les feux d'un véhicule qui roulait à bonne vitesse.

Bientôt il fut assez près pour que Harker pût bien le voir. Des bêtes splendides, d'un noir de jais, tiraient une calèche, conduites par un cocher assis devant. L'homme était vêtu d'une livrée étrange, une courte cape sombre dont le haut col remontant sous un chapeau lui faisait une tête d'oiseau de proie. Seule une partie de son visage pâle était visible.

Arrêtant la calèche, le cocher lança dans un allemand guttural :

– Le comte, mon maître, m'a chargé de prendre soin de vous, *mein Herr*!

L'instant d'après, Harker, à sa stupeur, se sentit pris par la main et l'épaule, et littéralement soulevé, jeté dans la voiture découverte. Abasourdi, il demeura là où on l'avait placé, cependant que le cocher apportait une nouvelle preuve de sa force prodigieuse en soulevant la grosse malle sans effort apparent.

Le jeune avoué resta immobile tandis qu'on l'enveloppait d'une lourde cape et qu'on lui mettait dans la main une flasque qui, à en juger par l'odeur, contenait de la *slivovitz*, l'alcool de prune local. Puis un claquement de fouet annonça le début de la dernière étape du voyage.

Et sans cesse, des ténèbres entourant la calèche en mouvement s'élevaient les cris lugubres, affamés des loups, comme si la meute les suivait... Harker toucha à peine la *slivovitz*.

Pendant deux heures, la calèche roula à une allure plus rapide encore que la diligence – bien que son cocher fît claquer son fouet beaucoup moins souvent – et Harker eut finalement l'impression qu'ils avaient semé les loups. La route, plus étroite et plus accidentée que celle que la diligence avait suivie depuis Bistritz, tournait sans fin dans la montagne, frôlant parfois le bord d'un précipice, ou plongeant pour de longues minutes dans un tunnel de pins. Là encore, aucun point de lumière, ferme ou camp de Bohémiens, ne perçait jamais l'obscurité de part ou d'autre de la route.

Soudain apparut à Harker un édifice qui ne pouvait être que le but de son voyage, déjà étonnamment proche sur son haut promontoire. C'était un château en ruine dont les hautes fenêtres noires ne laissaient passer aucun rai de lumière, et dont les remparts éboulés dessinaient une ligne déchiquetée sur le ciel éclairé par la lune.

Moins d'une minute plus tard, la calèche passa en grondant sous une voûte de pierre longue et basse, et ressortit dans la cour intérieure du bâtiment, mi-forteresse, mi-palais.

Harker et ses bagages furent déposés au pied d'une volée de marches croulantes menant à une porte massive au-dessus de laquelle le linteau avait été sculpté en un arc de pierre orné d'un dragon.

A peine la malle du visiteur avait-elle été jetée sur les pavés luisant au clair de lune que la calèche repartait, le cocher sombre au costume étrange faisant claquer son fouet sur la croupe des chevaux encore pleins d'énergie. Harker se retrouva complètement seul, plus éberlué qu'il ne l'avait été depuis son départ de Paris.

Un long moment s'écoula en silence. A demi argentée par la lune, la cour semblait fort vaste, et plusieurs passages sombres s'en détachaient sous de grandes voûtes rondes. La porte devant laquelle Harker se trouvait n'avait apparemment ni sonnette ni heurtoir, et il jugeait peu probable que sa voix parvienne à se faire entendre à travers ces murs.

L'attente à laquelle on le contraignait lui semblait sans fin; des doutes, de vagues frayeurs l'assaillaient. Dans quelle sinistre aventure s'était-il embarqué? N'était-ce qu'un incident banal dans la vie d'un clerc d'avoué ayant pour mission d'expliquer à un étranger les règles de l'acquisition d'une propriété londonienne?

Par un effort de volonté, Harker se corrigea. Clerc d'avoué, vraiment! Mina n'eût pas apprécié ce retour inconscient à son humble rang antérieur. Il était *avoué* maintenant, et serait bientôt associé si tout se passait bien, s'il menait cette affaire à bon t...

Il tourna vivement la tête : quelque part dans la partie en ruine du château, il avait entendu comme un bruit de pierre qui tombe. Il y eut ensuite des grattements qui suggérèrent au visiteur que la pierre avait été délogée par les pattes d'un rat détalant dans le noir.

L'attente passive avait assez duré.

Le jeune homme venait, avec quelque difficulté, de soulever sa lourde malle, de carrer les épaules et de poser le pied sur la marche la plus basse quand, après un raclement préliminaire de chaîne, un claquement de verrous, la porte s'ouvrit tout à coup, révélant une silhouette qui se découpait sur une faible lumière intérieure.

De sa main droite, l'homme leva une vieille lampe d'argent, dont la flamme brûlait sans verre ni globe d'aucune sorte et jetait de longues ombres tremblantes en vacillant dans le courant d'air de la porte ouverte.

L'apparition était couverte du cou aux pieds d'une robe de chambre écarlate. Une crinière de cheveux blancs coiffés en arrière surplombait un front haut, un visage âgé, soigneusement rasé, d'une pâleur mortelle. Il n'y avait pas une seule note de couleur sur cette tête – excepté les yeux, d'un bleu vif et froid.

– Soyez le bienvenu chez moi ! résonna la voix du vieillard.

Son anglais était excellent, bien que, aux oreilles de Harker, l'intonation semblât quelque peu étrange.

– Venez quand vous voulez, repartez de même, et laissez un peu du bonheur que vous apportez ! chantonna-t-il.

Avec un grognement de soulagement, le jeune homme reposa sa malle.

– Comte... Dracula ?

Avec une agilité que n'aurait pas laissé supposer la lividité ridée du visage, l'homme en robe de chambre rouge descendit les marches pour accueillir son invité, s'inclina courtoisement devant lui et, dans le même mouvement, souleva la malle avec une incroyable facilité.

— Je suis Dracula et je vous souhaite la bienvenue dans ma demeure, Mr. Harker. Entrez, l'air de la nuit est frais. Et vous devez avoir besoin de vous restaurer et de vous reposer.

Harker gravit les marches puis, respirant à fond, franchit le seuil.

3

Dès qu'il eut pénétré chez Dracula, Harker tenta de reprendre possession de sa malle, mais son hôte énergique ne voulut rien entendre.

– Non, *sir*. Vous êtes mon invité. Il est tard, mes gens sont couchés, laissez-moi veiller moi-même à votre confort.

Après avoir fermé et verrouillé la grande porte du château, le comte aux cheveux blancs, portant aisément le bagage d'une main et la lampe de l'autre, précéda son visiteur dans un escalier de pierre en zigzag.

En montant, le jeune homme regardait autour de lui avec étonnement et plaisir. L'intérieur de l'édifice, cette partie, en tout cas, était beaucoup plus solide dans ses structures et bien mieux tenu que ne l'avait suggéré son aspect extérieur délabré. La lumière vacillante de la lampe, dans la main du comte, tombait sur d'étranges statues, jetait des ombres plus étranges encore sur les murs et le plafond, sur les tapisseries passées et les tableaux anciens, arrachait de faibles éclats aux panoplies d'armures médiévales et d'armes affûtées.

Bien que chargé, le comte montait les marches d'un pas rapide, infatigable, laissant le jeune Harker pantelant derrière lui dans ses efforts pour ne pas être distancé. Sans ralentir, le vieillard tourna la tête et demanda d'un ton plein d'entrain :

– Parlez-moi donc des propriétés londoniennes que vous m'avez trouvées !

Content d'avoir récemment passé en revue l'affaire, Harker fit de son mieux pour le satisfaire.

— Je crois que la plus remarquable est celle qui a pour nom Carfax. Sans nul doute une déformation du français « quatre faces », puisque la maison a quatre côtés alignés sur les quatre points cardinaux.

Dracula jeta un coup d'œil au jeune homme, qui s'était arrêté pour reprendre haleine.

— Elle s'étend sur une dizaine d'hectares, entourée d'un solide mur de pierre, reprit Harker. Elle est plantée d'arbres, ce qui lui donne par endroits un aspect sombre, et il y a un étang profond. La maison elle-même est grande et remonte à l'époque médiévale, car une partie est en pierre très épaisse. Elle n'a pas subi de réparations depuis de nombreuses années.

Le comte, qui l'avait attendu, hocha pensivement la tête. Ils recommencèrent à grimper, passèrent devant des statues grecques et romaines, toutes en parfait état.

— Je suis content qu'elle soit ancienne, répondit enfin Dracula. Je suis issu d'une vieille famille, et vivre dans une maison neuve me tuerait.

Harker fut soulagé quand on l'introduisit enfin dans une pièce bien éclairée où la table avait été dressée pour le souper — un seul couvert, assiettes et verres dorés, argenterie ancienne qui, estima rapidement le jeune Anglais, devait valoir une petite fortune. Dans la cheminée, un grand feu de bûches récemment alimenté chassait le froid de la nuit des Carpates. Comme dans d'autres pièces du château, les armes constituaient une partie importante de la décoration murale.

Le comte ferma la porte par laquelle ils étaient entrés puis, traversant la pièce, ouvrit une autre porte donnant sur une chambre douillette, bien éclairée, et chauffée par un autre feu de bois qui ronflait dans l'âtre. Il posa la malle de Harker, se retira en disant :

— Vous tenez sans doute à vous rafraîchir après votre voyage. Quand vous serez prêt, revenez dans l'autre pièce, où votre souper vous attendra.

Le confort des lieux, l'accueil aimable de son hôte avaient déjà beaucoup contribué à dissiper les craintes de Harker, qui se rendit compte qu'il était à demi mort de faim. Il se hâta de suivre les conseils du comte.

En retournant au salon, il le découvrit appuyé à la grande cheminée de pierre. Dracula lui indiqua la table d'un gracieux geste de la main.

– Je vous en prie, asseyez-vous et soupez à votre convenance. Vous m'excuserez, je l'espère, de ne pas me joindre à vous, mais j'ai déjà dîné, et je ne soupe jamais.

Le comte s'avança, souleva lui-même le couvercle d'un plat, révélant un superbe poulet rôti. Il y avait aussi, comme Harker ne tarda pas à le découvrir, du fromage, de la salade, et une bouteille poussiéreuse de vieux tokay.

Il attaqua aussitôt le repas. La conversation, tandis qu'il mangeait et buvait – il se limita à deux verres de l'excellent vin –, porta sur certaines des curiosités qu'il avait observées au cours de son voyage. Dracula demeurait debout près de la cheminée, manifestement à l'aise dans cette posture. Il écouta avec intérêt les remarques du jeune Anglais et fut en mesure de fournir des explications sur plusieurs des coutumes qui avaient intrigué le visiteur.

Dès qu'il eut terminé, Harker se leva et accepta le cigare offert par son hôte, l'alluma avec une brindille enflammée prise dans l'âtre.

Un léger bruit à l'extérieur lui fit tourner la tête en direction d'une fenêtre, où il remarqua les premières faibles lueurs de l'aube. Un silence étrange semblait tout recouvrir mais, en tendant l'oreille, il entendit à nouveau, comme s'ils provenaient de la vallée située sous le château, le hurlement de nombreux loups.

Les yeux du vieillard étincelèrent.

– Écoutez-les, dit-il. Les enfants de la nuit. Quelle musique ils font!

Harker, qui faisait de son mieux pour être poli mais se sentait épuisé, marmonna une vague remarque. Le comte eut un sourire entendu devant l'incompréhension du jeune étranger.

– Nous sommes en Transylvanie, rappela-t-il, et la Transylvanie n'est pas l'Angleterre. Nos coutumes diffèrent; bien des choses vous paraîtront étranges. Pendant des siècles, mes ancêtres se sont battus pour ces terres contre les Saxons et les Turcs. Il n'est pas un pouce du sol de cette région qui n'ait été fertilisé par le sang des patriotes ou des envahisseurs!

Il s'interrompit puis ajouta d'un ton plus calme:

– Vous pouvez vous rendre où vous voulez dans le château, excepté dans les pièces fermées à clef – que vous n'aurez naturellement aucune envie de visiter.

– J'en suis sûr, *sir*, assura Harker.

La curiosité éveillée, il cligna des yeux pour chasser son envie de dormir.

– Comte Dracula, ce visage sur la tapisserie, derrière vous... Un ancêtre, peut-être! Je crois déceler une ressemblance.

– Ha, oui, répondit le vieillard. (Il tourna la tête, considéra les personnages de la tapisserie avec satisfaction.) L'ordre du Dragon. Un ordre fort ancien, dans lequel mes aïeux s'étaient engagés pour défendre l'Église contre tous ses ennemis.

Se tournant à nouveau vers Harker, il découvrit des dents blanches et pointues.

– Hélas, leurs rapports ne furent pas entièrement... satisfaisants.

Incertain d'avoir compris ce que les mots et le sourire froid semblaient impliquer, Harker cligna des yeux.

– C'étaient, j'en suis sûr, de bons chrétiens, même si...

– Nous sommes des Dracula! rugit le comte, dont les yeux parurent rougeoyer.

Il saisit une des armes accrochées au mur, un sabre turc recourbé, le brandit dans sa main droite.

– Et nous avons le droit d'en être fiers! poursuivit-il. Est-ce étonnant que nous soyons une race de conquérants? Quel démon, quelle sorcière fut aussi grand qu'Attila, dont le sang coule dans ces veines?

De son cimeterre, il fendit l'air, à droite, à gauche, et Harker, effrayé, recula. Puis de la pointe de l'arme, Dracula indiqua l'orgueilleux visage du guerrier représenté sur la tapisserie.

– Sa gloire est ma gloire!

Aussi brusquement qu'il s'était déclenché, l'accès de frénésie démoniaque retomba. Les épaules du vieillard se voûtèrent et, d'un geste las, il remit le sabre dans son fourreau. Le regard perdu au loin, il ajouta d'un ton radouci :

– Le sang est une chose trop précieuse, de nos jours. Et la gloire de ma race ressemble à un conte.

Il se tourna lentement, vidé, triste, plus du tout effrayant, et déclara en s'approchant de Harker :

– Je suis le dernier de mon espèce.

Le jeune avoué s'inclina, avec quelque raideur après le choc qu'il avait ressenti. Au moins, il n'avait plus à faire d'effort pour rester éveillé.

– Je vous ai offensé par mon ignorance, comte. Pardonnez-moi.

Dracula s'inclina lui aussi.

– C'est *moi* que vous devez pardonner, mon jeune ami. Je n'ai plus l'habitude des... invités. Et je suis las de tant d'années passées à pleurer les morts.

Mais déjà une énergie inépuisable chassait la fatigue et la marque des ans. Une sorte de sourire réapparut sur le visage du comte.

– Votre employeur, Mr. Hawkins ne tarit pas d'éloges sur vous dans ses lettres. Allons, parlez-moi plus en détail des maisons que vous m'avez trouvées!

Une demi-heure plus tard, l'entretien entre acheteur et avoué se poursuivait dans une autre pièce bien éclairée où l'on avait disposé sur une table un certain nombre de documents, notamment des actes de vente et des états des lieux. Au-dessus, il y avait une carte à grande échelle de Londres et des environs, sur laquelle Harker finissait d'épingler des photos montrant plusieurs des propriétés que Dracula venait d'acquérir, et qui étaient indiquées sur la carte par dix cercles rouges.

A l'aide d'une plume et d'un encrier, le comte était en train de signer le dernier document.

– J'ai tellement envie de parcourir les rues noires de monde de votre grand Londres, dit-il, de me retrouver dans le tourbillon et la cohue des hommes, de partager leur vie, leur mort...

En prononçant ce dernier mot, il poussa l'acte vers Harker, qui le plia et y apposa un cachet de cire chaude.

– Bien. Cher comte, vous voilà propriétaire de Carfax, à Purfleet.

S'approchant de la carte, le jeune avoué désigna une des photographies qu'il venait d'y fixer, et qui montrait une vieille maison de pierre.

Dracula hocha la tête.

Harker revint à la table où d'autres photos, pas encore en place, se mêlaient à la paperasse.

– Pardonnez ma curiosité, sir, mais puisque je suis votre avoué à Londres, il me serait peut-être utile de savoir... pourquoi acheter dix maisons, disséminées dans la ville? Est-ce une stratégie d'investissement, destinée à accroître la valeur de chacune d'elles sur le marché? Ou bien...

Dracula s'était lui aussi rapproché de la table, et lorsqu'il baissa les yeux, il y vit quelque chose qui le fit se figer. Un mouvement spasmodique de sa main renversa l'encrier, répandant un liquide d'un brun rougeâtre, couleur de sang séché, à travers la table.

La main du comte, ongles pointus, paume anormalement poilue, battit l'encre de vitesse pour sauver un objet qu'il approcha de son visage et qu'il fixa avec une intense concentration. C'était une photographie.

Ses lèvres remuèrent; une voix changée, murmurante, en sortit.

– L'homme le plus heureux qui soit au monde est celui qui trouve... le grand amour.

Il détacha enfin ses yeux bleus de la photo pour regarder Harker. Le jeune homme la considéra avec étonnement, procéda à une investigation rapide de ses poches.

— Ah! je vois que vous avez retrouvé Mina. Je pensais l'avoir perdue mais son portrait a dû se glisser parmi les autres photographies. Nous devons nous marier dès mon retour à Londres.

Au moment même où il prononçait ces mots, Harker tourna brusquement la tête vers la porte ouverte de la pièce au-delà de laquelle s'étendait un couloir obscur. Il avait eu l'impression d'entendre un bruissement presque imperceptible de jupons, un rire de femme. Mais peut-être n'était-ce qu'une illusion, une malice du vent ou une souris couinant dans les vieux murs. En tout cas, le comte ne donna aucun signe d'avoir perçu une autre présence. Il reposa la photo de Mina en choisissant avec soin un coin de la table resté sec.

Éprouvant le besoin d'alléger l'atmosphère, Harker s'enquit :

— Êtes-vous marié, sir?

Dracula contemplait encore la photo, et la réponse tarda à venir.

— Je l'ai été... il y a des siècles, me semble-t-il. Malheureusement, elle est morte.

— J'en suis désolé.

— Peut-être a-t-elle eu de la chance, finalement. Ma vie est au mieux... une longue souffrance, dit le comte. (Reprenant la photo de Mina, il la tendit à son invité.) Elle fera sans nul doute une épouse dévouée.

Harker marmonna quelque chose en guise d'acquiescement, remit le portrait à sa place, dans une poche intérieure de sa veste.

— Et maintenant, mon jeune ami, reprit Dracula en se frottant les mains, il serait bon que vous écriviez quelques lettres. Vos proches seront sans doute heureux d'apprendre que vous allez bien et que vous êtes impatient de les revoir.

— *Sir?*

— Écrivez-leur maintenant, s'il vous plaît. Deux lettres au moins, je pense. L'une à votre futur associé, Mr. Hawkins; l'autre à... à quelque personne qui vous est chère. Dites-leur que vous passerez un mois ici à dater d'aujourd'hui.

Interloqué, le jeune avoué eut peine à cacher sa surprise.

– Vous tenez à ce que je reste aussi longtemps? demanda-t-il avec embarras.

– J'y tiens absolument, répondit Dracula, dont les étranges yeux bleus se durcirent. Non, je n'accepterai pas un refus. Il y a beaucoup de choses que je veux que vous me racontiez... sur Londres. Sur l'Angleterre et sa population.

Remarquant la répugnance de son hôte, le comte insista :

– Quand votre maître, votre employeur – appelez ce Mr. Hawkins comme bon vous semble – s'est engagé à ce que quelqu'un vienne ici en son nom, il était entendu qu'il s'agissait de satisfaire uniquement à mes besoins. J'y ai mis le prix. N'est-ce pas?

La main aux ongles effilés poussa sur la table plusieurs enveloppes et feuilles de papier à lettre. Harker remarqua qu'elles étaient toutes d'une extrême minceur : on pourrait aisément lire ce qu'il aurait écrit à travers l'enveloppe. Étant donné les circonstances, il ne put cependant que signifier son accord en inclinant le buste.

A nouveau tout amabilité, Dracula sourit.

– Mais vous devez être fatigué. Je suis un hôte déplorable. Votre chambre est prête, vous pourrez vous lever aussi tard que vous voudrez, demain. Je serai absent jusqu'en fin d'après-midi. Alors, dormez bien et faites de beaux rêves!

Harker se retira, nota dans son journal qu'il était plongé « dans une mer d'étonnement. De doutes. De peurs. J'ai d'étranges pensées que je n'ose avouer à mon propre esprit. Dieu me garde, ne serait-ce que pour ceux qui me sont chers! »

Après avoir dormi quelques heures d'un sommeil plutôt troublé – bien qu'il n'y eût à cela aucune cause apparente –, Harker s'éveilla dans une pièce inondée de soleil. Il se leva, contempla un moment la cour déserte sous les fenêtres de sa chambre. Çà et là des mauvaises herbes poussaient entre les pavés, et de la poussière s'était amoncelée dans les coins. La voûte, sculptée en forme de dragon semblait poser une énigme digne du Sphinx.

De l'autre côté de la porte, le couloir était silencieux, de même que tout le château, autant qu'il pût en juger. Hormis le cocher, il n'avait encore vu ni entendu aucun domestique.

Il se lava, s'habilla et retourna dans la pièce où il avait soupé la veille. Il y trouva un petit déjeuner froid, avec du café tenu au chaud dans un pot placé dans l'âtre. Sur la table, une carte portait un message de la main de Dracula :

Je dois m'absenter un moment. Ne m'attendez pas.
                                                                   D.

Harker songea qu'il s'habituait rapidement aux bizarreries de son hôte. Il se mit à table, mangea de bon cœur. Quand il eut terminé, il chercha des yeux une clochette pour prévenir les serviteurs qu'il avait fini mais n'en trouva pas.

Après s'être versé une autre tasse de café, il demeura un moment à penser à l'étrangeté de certains détails. Par exemple, malgré les preuves d'une grande opulence, dans aucune des pièces qu'il avait vues jusqu'ici il n'y avait le moindre miroir. Il lui faudrait utiliser celui de sa trousse de toilette pour se raser ou se brosser les cheveux.

Plus étrange encore, il n'avait encore vu aucun domestique, ni entendu de voix humaine autre que la sienne ou celle du comte. Seul le hurlement des loups accompagnait le gémissement intermittent du vent autour des fenêtres et des remparts.

Après avoir bu son café, Harker écrivit les lettres réclamées par son hôte, les glissa dans leurs enveloppes – où, comme il s'y attendait, on pouvait les lire par transparence. Cette tâche accomplie, il chercha de la lecture : pas question de tenter d'explorer le château sans la permission expresse du comte.

Sa suite n'offrant absolument rien en matière de livres ou de journaux, il sortit dans le couloir, ouvrit une autre porte au hasard et découvrit avec plaisir une bibliothèque assez grande, bien rangée et bien fournie.

A son grand plaisir, elle contenait de nombreux livres

anglais, occupant des rayonnages entiers. L'endroit donnait l'impression agréable d'être fréquemment utilisé. Au centre de la pièce, une table était couverte de magazines et de journaux anglais, dont aucun n'était très récent, toutefois.

Les livres étaient des plus divers – histoire, géographie, politique, botanique, géologie, droit –, tous sur l'Angleterre, la vie, les coutumes anglaises. Après avoir passé une heure agréable dans la bibliothèque, Harker regagna ses appartements, consigna ses récentes expériences et impressions dans son journal; qu'il se proposait de tenir le plus fidèlement possible.

11 mai. Je craignais en commençant ce journal de me montrer trop prolixe, mais je suis content maintenant d'être entré d'emblée dans les détails car il y a quelque chose de si bizarre dans ce lieu que je ne puis que me sentir mal à l'aise. Comme je voudrais n'y être jamais venu! C'est peut-être à cause de cette étrange nuit, qui m'a éprouvé, mais s'il n'y avait que cela! Ce serait peut-être supportable si j'avais quelqu'un à qui parler, mais il n'y a que le comte et il...

Ne pouvant ou ne voulant pas définir ses peurs à demi formées, il cessa d'écrire.

Après avoir à nouveau vainement cherché dans les deux pièces une glace quelconque, il prit dans la malle son propre petit miroir et l'accrocha près de la fenêtre, où la lumière était la meilleure. Estimant inutile d'essayer d'appeler un domestique, il ajouta lui-même des bûches dans le feu rougeoyant et mit une bouilloire à chauffer.

Harker sortit ensuite son rasoir droit, en aiguisa le fil sur la courte lanière de cuir et entreprit de se raser en fredonnant un air de Gilbert et Sullivan. Un soleil brillant, des hirondelles gazouillant près de sa fenêtre, et le sentiment d'avoir mené à bien une affaire inhabituelle se conjuguaient pour dissiper en lui vagues terreurs et appréhensions.

Il se dit que la nuit dernière, tout avait conspiré – étrangeté du voyage, hurlement des loups, bizarrerie de son hôte –

pour éprouver ses nerfs, mais il avait ce matin l'impression d'avoir laissé derrière lui ces rêves et ces brumes.

Pas étonnant, quand même, songeait-il, que son prédécesseur, le pauvre Renfield, eût gravement souffert de son voyage dans cette région. Harker n'était pas sûr que son collègue eût effectivement logé au château de Dracula, ou qu'il y soit même parvenu – il faudrait qu'il interroge son hôte à ce sujet. Mais n'importe quel homme un peu fragile soumis à de telles tens...

– Bonjour.

Les mots avaient été prononcés si près derrière son dos que le jeune Anglais ne put retenir un sursaut en se retournant, et le rasoir qu'il tenait à la main fit une petite entaille à son menton.

Le comte Dracula, vêtu comme la veille, le visage figé en un pâle sourire, se tenait à moins d'un mètre de lui.

Bredouillant une réponse au salut de son hôte, Harker se tourna à nouveau vers le miroir. Ses yeux et son cerveau lui donnèrent confirmation de la chose incroyable qu'il avait cru remarquer : le miroir ne renvoyait aucune image du comte, alors que tous les autres détails de la pièce s'y reflétaient.

A l'évidence, Dracula se rendit compte de son désarroi, mais il était tout aussi évident qu'il ne fournirait aucune explication.

– Prenez garde! s'écria le maître des lieux, manifestant une colère soudaine. Prenez garde à cette coupure. Dans ce pays, c'est plus dangereux que vous ne pensez.

Il s'avança, ce qui fit involontairement reculer son jeune invité.

– Et c'est ce maudit objet qui a causé le mal! Misérable babiole flattant la vanité humaine. Disparais!

Harker s'efforça plus tard de se rappeler exactement ce qui s'était passé ensuite et ne le sut jamais au juste. Il lui semblait que Dracula n'avait pas vraiment touché le petit miroir, que l'objet s'était tordu et brisé tout seul, répandant une pluie de débris pointus et brillants sur le tapis.

Tandis que Harker restait immobile, abasourdi, le comte,

d'un geste calme et lent, prit le rasoir de la main quasi inerte du jeune homme. Puis il lui tourna le dos, leva les mains vers son visage, et ses bras, ses épaules écarlates furent parcourues d'un frisson.

Dracula se tourna à nouveau vers Harker, demeura un instant immobile dans la posture d'un barbier – ou d'un assassin – la main droite encore serrée sur l'acier brillant. Le jeune homme, qui retenait sa respiration, remarqua confusément que la lame ne portait plus trace de mousse ni de sang.

Dracula lécha ses lèvres rouges puis, comme s'il se rappelait soudain quelque chose, demanda :

– Les lettres que je vous avais demandées, les avez-vous écrites?

Harker avala sa salive.

– Oui, *sir*. Elles sont sur la table.

– Bien.

D'un mouvement de la main et du menton, le comte lui intima de ne pas bouger et, plaçant sa main gauche sur le cou de Harker, il inclina le visage à demi rasé vers la lumière de la fenêtre ouverte.

Le tranchant du rasoir s'approcha de la joue encore couverte de mousse, le fil d'acier caressa la peau avec douceur et efficacité, dans un mouvement parfaitement contrôlé. Harker demeurait dans la position où il s'était figé. Il lui semblait que son corps savait qu'il ne devait pas remuer, ni même oser frissonner sous l'effet de la peur qui faisait battre son cœur.

Un rasoir, dans la main d'un fou, d'un monstre...

Un autre délicat coup de rasoir n'enleva rien d'autre que des poils et de la mousse. Un autre encore. Absorbé par sa tâche, le comte parlait d'une voix monotone, comme s'il se faisait une simple réflexion à voix haute.

– Laissez-moi vous donner un conseil, mon jeune ami... non, plutôt une mise en garde. Si vous veniez à quitter ces pièces, n'allez surtout pas dormir dans une autre partie du château. Il est vieux, il renferme beaucoup de souvenirs... et de mauvais rêves attendent ceux qui y dorment mal à propos...

La voix mourut en laissant la phrase en suspens. Harker s'aperçut que les yeux brûlants de Dracula étaient fixés sur sa gorge, ou plutôt juste en dessous – là où la croix de la Bohémienne devait être visible sous son col, qu'il avait ouvert pour se raser.

– Je comprends, s'entendit murmurer l'avoué. J'ai déjà vu... des choses étranges, ici.

Mais le comte n'entendit peut-être pas cette remarque car il s'était déjà éloigné, laissant le rasage inachevé. Le rasoir, maculé de mousse, cette fois, était posé sur la table d'où les lettres avaient disparu. Et la lourde porte de la pièce se ferma avec un bruit sourd qui semblait avoir quelque chose d'irrévocable.

4

Ce soir-là, le grand salon de Hillingham résonnait de rires et de conversations. Une harpiste, après avoir accordé son instrument, se mit à jouer les airs à succès de la dernière opérette de Gilbert et Sullivan. L'une après l'autre, des voitures s'arrêtaient dans la grande allée incurvée pour laisser descendre des invités en tenue de soirée.

Près de l'entrée de la grande salle, une femme frêle aux cheveux gris vêtue d'une élégante robe longue, accueillait les nouveaux arrivants. C'était Mrs. Westenra, la mère de Lucy, veuve et propriétaire du domaine. Sa santé était déficiente depuis longtemps et, entre deux invités, elle se reposait sur un divan en agitant son éventail.

Mina avait fini de s'habiller pour la soirée et était sortie de sa chambre, mais elle n'avait pas encore rejoint la foule, en bas. Elle s'attardait en haut du grand escalier, observait toute cette gaieté en désaccord avec ses propres sentiments.

Depuis le départ de Jonathan, elle s'était fait beaucoup de souci pour son fiancé, tout en se répétant que ses craintes n'étaient pas fondées. Chose qui n'arrangeait rien, plus d'une semaine s'était écoulée sans qu'elle reçût d'autres nouvelles de lui qu'une brève lettre postée à Paris et ne contenant aucune information réelle.

Lucy, vêtue de sa nouvelle robe du soir, apparut dans le couloir.

— Te voilà donc, Mina. Descends. Il faut absolument que

quelqu'un m'aide à m'occuper des invités. Mère a beau aimer les soirées, elle n'a plus vraiment l'énergie nécessaire.

— J'arrive dans un moment, promit la jeune fille.

— Oh, viens! Cela te fera du bien, cela te distraira de tes inquiétudes au sujet de Jonathan.

Apercevant son reflet dans un miroir, Lucy tapota ses cheveux roux.

— Je suis si heureuse que je ne sais plus où j'ai la tête! Je crois que je vais avoir trois demandes en mariage le même soir. Oh! Mina, j'espère qu'il y aura assez de ma petite personne pour partager!

Le caractère insolite de la remarque suffit à tirer Mina de ses pensées.

— Voyons, dit-elle, tu ne peux les épouser tous les trois!

— Pourquoi pas? répliqua Lucy, d'un ton presque sérieux. Dis-moi *pourquoi* une jeune fille ne pourrait pas avoir trois maris, ou autant d'hommes qui la veulent pour femme?

Il fut épargné à Mina de devoir argumenter quand l'arrivée d'un invité, en bas, attira l'attention de Lucy.

— Voici l'un des trois, murmura-t-elle avec excitation.

Le nouvel arrivant avait une silhouette étonnante, celle d'un grand jeune homme à moustache noire portant un chapeau à larges bords et des bottes qui auraient été à leur place dans l'Ouest américain. Ses vêtements semblaient coûteux mais à coup sûr non conformistes selon les canons londoniens. Sous le pan gauche de sa veste apparaissait de temps à autre un long fourreau de cuir accroché à sa ceinture.

— Qu'est-ce que c'est que ça? fit Mina, fascinée malgré elle.

— Ça, c'est un Texan, répondit fièrement Lucy. Quincey P. Morris. Un ami d'Arthur, et aussi du Dr Seward. Ils ont tous les trois parcouru le monde.

— Et Mr. Morris t'a fait sa demande?

— Eh bien, je m'attends à ce qu'il la fasse incessamment. N'est-ce pas merveilleux, Mina? Il est si jeune, si vigoureux. Je l'imagine en... en étalon sauvage, entre mes jambes.

Mina rougit, dut en même temps retenir un rire indécent.

– Tu es absolument inconvenante!

– Je sais, fit Lucy. Ne t'inquiète pas, je dis ces choses uniquement pour te faire rougir : tu le fais si joliment.

– J'espère que c'est vraiment la seule raison. Et quel est cet objet gainé de cuir que Mr. Morris porte sous sa veste?

Lucy pouffa.

– Ce cher Quincey a toujours sur lui un... instrument fort impressionnant.

– Lucy!

– Mais si, ma chérie, je t'assure. Je te le montrerai.

Lucy, dévalant l'escalier, ne reprit un pas plus tranquille qu'au bas des marches et alla accueillir Quincey. D'en haut, Mina la vit prendre le bras du jeune homme et se couler contre lui d'une façon qui lui valut un regard de désapprobation de sa mère, à l'autre bout de la grande salle.

L'instant d'après, Lucy glissa sa main sous la veste du Texan et tira de son fourreau un énorme coutelas. Elle en agita gaiement la lame d'un bon pied en direction de Mina, qui commençait à descendre.

Pendant une demi-heure, Mina se mêla, comme c'était son devoir, aux autres invités puis elle se tint à nouveau à l'écart. Elle était seule avec ses pensées, avec ses craintes pour Jonathan, quand son amie la rejoignit de nouveau. Cette fois, la jolie rousse était au comble de la joie.

– Ils sont *tous* là. Je crois vraiment que j'aurai trois demandes en mariage le même jour. Que vais-je faire?

Mina ne savait si elle devait rire ou prendre au sérieux les problèmes sentimentaux de son amie.

– Alors, le Texan a fait sa demande?

– Oui!

Mina chercha Mr. Quincey Morris des yeux, le découvrit à l'autre bout du salon, jetant des regards énamourés en direction de Lucy.

– Quel genre de demande? J'ai presque peur de poser la question.

– En mariage! répondit la jeune rousse.

Elle était tellement absorbée par ses émotions qu'elle ne

perçut pas l'humour de la repartie de Mina. Lucy paraissait se tenir en équilibre entre le ravissement et la panique.

– Je lui ai dit qu'il y a un autre... je n'ai pas osé dire *deux* autres, mais ils seront tous ici ce soir – regarde, voilà le Dr Jack Seward.

A l'entrée de la salle, un homme d'une trentaine d'années, d'allure très sérieuse, confiait son chapeau et ses gants à un serviteur.

– Il est brillant, poursuivit Lucy. Encore assez jeune pour être intéressant, mais il a déjà sous sa responsabilité un très grand asile de fous. Il te conviendrait à merveille, je pense, si tu n'étais déjà fiancée.

– Des fous! Je vois. Et naturellement tu as pensé à moi.

Il y eut une touche de cruauté dans le rire de Lucy puis son visage, lorsqu'elle regarda par-dessus l'épaule de son amie, prit une expression que Mina ne lui connaissait pas.

En se retournant, la jeune femme vit entrer dans le salon un homme dont elle avait entendu parler mais qu'elle n'avait jamais rencontré. Un invité qui ne pouvait être que l'Honorable Arthur Holmwood, futur lord Godalming, était arrivé sur les talons du Dr Seward. Riche, beau, arrogant, il échangea avec l'aliéniste des regards embarrassés.

– Numéro trois? demanda Mina à voix basse.

Lucy se hâta d'aller accueillir le nouveau venu avec un air radieux qui rendait toute réponse inutile.

5

Le même soir, au cœur des lointaines Carpates, le jeune avoué Jonathan Harker pénétrait dans la bibliothèque du château de Dracula. Il y trouva le comte étendu sur le divan, lisant (« chose incroyable », commenta Harker plus tard dans son journal) un guide Bradshaw donnant les horaires des chemins de fer et autres moyens de transport anglais.

Le jeune homme s'arrêta net mais le comte, aussi enjoué et courtois que si l'incident du rasoir n'avait pas eu lieu, se redressa et salua son hôte avec chaleur.

— Je suis heureux que vous ayez trouvé la bibliothèque car il y a ici beaucoup de choses qui vous intéresseront, je n'en doute pas. Ces compagnons (Dracula promena une main aux longs ongles sur quelques volumes) ont été de bons amis pour moi et m'ont donné pendant quelques années des heures de plaisir. Grâce à eux, j'ai appris à connaître votre grande Angleterre, et la connaître, c'est l'aimer. Hélas, je ne connais encore votre langue que par les livres. J'aimerais savoir mieux la parler.

— Mais, comte, vous la parlez parfaitement, assura Harker.

Assis sur le divan, Dracula hocha gravement la tête.

— Je vous remercie, mon ami, de vos appréciations par trop flatteuses, mais je crains de n'être qu'au début de la route que je veux parcourir. Certes, je connais la grammaire et les mots, mais je ne sais pas comment les employer.

– Non, non, insista le jeune Anglais, vous parlez parfaitement.

– Pas du tout, répondit le vieillard. Enfin, je sais que si je me rendais à Londres, nul, parmi vos compatriotes, ne me prendrait pour un étranger. Cela ne me suffit pas. Ici, je suis un noble, un *boyard*. Les gens du commun savent que je suis le maître. Mais un étranger n'est personne. On ne sait pas qui il est. J'ai été si longtemps le maître que je veux continuer à l'être – ou tout au moins à n'avoir personne pour maître.

Harker ne put qu'approuver ce point de vue, qui lui semblait fort sensé, et pendant quelque temps la conversation se poursuivit comme entre deux hommes intelligents et rationnels, abordant maints sujets. Ce ne fut que lorsque l'invité posa la question de son éventuel départ du château qu'on lui opposa une brusque fin de non-recevoir.

Harker passait ses journées à sommeiller, ses nuits à lire, à errer dans le château, à avoir de longues conversations décousues avec le comte. Le temps semblait mourir dans une sorte d'étrange existence monotone, et il finit par ne plus être absolument sûr des dates qu'il inscrivait dans son journal.

Le plus difficile à supporter, c'était son inquiétude au sujet de Mina : la fierté qu'elle avait éprouvée devant sa réussite devait s'être depuis longtemps transformée en appréhension puis en peur – et pas seulement pour sa personne : le manque de nouvelles pouvait signifier que son cœur s'était refroidi, ou même qu'il lui avait été infidèle.

Un soir, le jeune homme quitta ses appartements, résolu à risquer une exploration du château plus audacieuse que toutes celles auxquelles il avait procédé en plusieurs semaines de réclusion involontaire. Car il s'était peu à peu convaincu que sa condition ne pouvait être qualifiée autrement. A mesure que son séjour d'invité de plus en plus réticent se prolongeait, ses explorations, d'abord hésitantes, puis menées avec un sentiment croissant d'urgence, l'avaient conduit à une effrayante découverte : il y avait des portes partout mais presque toutes étaient fermées à clef, comme celles d'une forteresse.

Le château était une véritable geôle, dont il était le prisonnier !

Parvenu à cette conclusion, Harker connut un accès d'agitation, monta et descendit les escaliers, essaya toutes les portes, regarda à toutes les fenêtres qu'il put trouver, mais un sentiment d'impuissance s'empara bientôt de lui. Il s'assit calmement et réfléchit. Une chose était sûre : inutile de faire part au comte de ses craintes. Si Harker était véritablement prisonnier, Dracula n'ignorait pas le fait puisqu'il en était responsable.

Ce soir-là, estimant avoir exploré toutes les voies descendantes pouvant, en toute logique, mener à une possibilité de s'évader, Harker changea de tactique et monta. Un escalier de pierre qu'il avait jusque-là négligé le conduisit à un poste d'observation d'où il découvrit, sur des kilomètres en direction du sud, le paysage entourant le château. Juste sous lui, il n'y avait qu'un terrible précipice : la muraille du château sur une paroi à pic, et enfin, une rivière, à trois cents mètres plus bas, peut-être. Bien qu'inaccessibles, ces vastes étendues lui donnèrent un certain sentiment de liberté, à la différence de l'obscurité exiguë de la cour, seule visible des fenêtres de sa suite.

Ragaillardi par cette impression provisoire de liberté, il contempla le magnifique paysage baigné d'un clair de lune jaune donnant l'illusion d'une visibilité quasi diurne. Les collines lointaines se fondaient dans cette douce lumière, et l'ombre des vallées et des gorges était de velours noir.

En dépit de sa certitude croissante quant à sa condition de captif, Harker trouva un peu de paix et de réconfort dans cette contemplation. Comme il se penchait à la fenêtre, il perçut un mouvement sous lui, un peu sur la gauche. Là où, d'après ce qu'il savait de la disposition des pièces du château, devait se trouver la chambre du comte.

Harker recula, regarda attentivement.

L'instant d'après, la tête de Dracula passa par la fenêtre.

Il ne vit pas son visage, mais à cette faible distance et sous le clair de lune, il reconnut l'homme, aux mouvements de son dos et de ses bras.

La curiosité de l'avoué se mua en répulsion et en terreur quand le corps entier émergea, se mit à ramper sur la muraille au-dessus de l'épouvantable abysse, *la tête en bas*, la cape flottant autour de lui comme des ailes.

D'abord, le jeune homme n'en crut littéralement pas ses yeux. Il pensa être abusé par le clair de lune, par quelque bizarre effet de l'ombre. Mais bientôt il dut se rendre à l'évidence.

Quelle sorte d'homme était-ce donc? Quelle sorte de créature à l'aspect humain?

Harker fit un pas en arrière, sentit l'effroi de cet horrible lieu l'écraser. Il avait peur, une peur abominable, et il n'y avait aucune issue...

Le jeune homme parvint progressivement à recouvrer le contrôle de ses nerfs. Certain, au moins, que le comte avait quitté le château pour un moment, il rassembla son courage et résolut d'entreprendre une exploration plus hardie.

Il regagna à la hâte ses appartements et, muni d'une lampe, descendit l'escalier de pierre jusqu'au hall par lequel il était entré le premier jour. Il constata qu'il pouvait ôter assez facilement les verrous de la porte et, au prix de quelque effort, décrocher les grosses chaînes, mais la serrure demeurait fermée et il n'avait pas la clef.

Harker ne disposait pas d'outils avec lesquels il eût pu s'attaquer à la redoutable barrière. Comme toujours, il entendait les loups hurler non loin de là, et il craignait de ne pas survivre longtemps à l'ouverture de la porte.

Pourtant, il n'allait pas renoncer. A partir du vaste hall, il entreprit un examen méthodique de tous les escaliers et passages auxquels il avait accès, essaya les portes auxquelles ils conduisaient. Deux ou trois petites pièces proches de l'entrée étaient ouvertes, mais elles ne contenaient que de vieux meubles.

Finalement, il dénicha près du sommet de l'escalier le plus

haut une porte qu'il n'avait pas encore tenté d'ouvrir. Bien qu'elle parût d'abord fermée, elle céda un peu quand Harker fit peser son corps sur le panneau.

Le jeune homme appuya son épaule au vieux bois, fit une nouvelle tentative. La porte bougea un peu plus.

Lorsqu'il y mit toutes ses forces, elle s'ouvrit brusquement – elle n'était pas fermée à clef mais simplement poussée – et il tomba dans la pièce qui se trouvait derrière.

Lentement, brossant la poussière de ses mains et de ses genoux, il se releva, alla prendre la lampe où il l'avait posée et eut l'impression de pénétrer dans un autre monde.

Il suivit une enfilade de pièces où de hautes et larges fenêtres, protégées par le seul précipice du danger d'une attaque ennemie, laissaient pénétrer à flots le clair de lune. Ce devait être la partie du château occupée par les femmes au cours des siècles passés, raisonna-t-il. Les meubles, fort nombreux, avaient un aspect plus confortable, et Harker crut déceler une note féminine dans leur disposition et dans la décoration.

Les grandes fenêtres étaient dépourvues de rideaux, et la lumière jaune de la lune, pénétrant par des carreaux en losange, permettait même de distinguer les couleurs. La lampe que l'intrus portait haut semblait n'avoir aucune utilité dans le clair de lune brillant, silencieux.

Harker surprit tout à coup un mouvement rapide du coin de l'œil : celui d'une araignée aux longues pattes décampant sur une vieille et splendide coiffeuse, dont le miroir était recouvert d'un tissu de soie.

Le dessus du meuble était encombré de flacons et de peignes, de brosses et de poudres. Harker s'approcha, toucha ces objets l'un après l'autre, remarqua que ses doigts tremblaient. Oui, des femmes avaient vécu en ce lieu, et il avait presque le sentiment qu'elles y vivaient encore.

Un flacon de parfum lui parut si ravissant, si délicat dans cette lumière à demi magique, qu'il ne résista pas à la tentation de le toucher à nouveau pour s'assurer qu'il était réel. Doucement, il souleva la petite bouteille du lit de poussière où elle était posée. Ses doigts trouvèrent et ôtèrent le bouchon, libérèrent une goutte d'un délicieux parfum qu'il ne sut identifier mais qui éveilla tous ses sens. La goutte s'évapora aussitôt dans l'air, un air qui semblait palpiter autour de lui. Il reposa le flacon.

Avec l'impression d'avoir pénétré dans un rêve, il s'éloigna de la coiffeuse, se retrouva face à des rideaux de soie, à une pile de coussins. Ce qu'il avait d'abord pris pour un divan était en fait un grand lit qui l'invitait à s'étendre.

Harker remarqua vaguement, sans s'attarder sur le fait, que sa lampe s'était éteinte. Il la posa par terre. Les jambes soudain lasses, il s'assit au bord du lit. Une bouffée non de poussière mais de parfum, toujours impossible à reconnaître, mais exquis, envoûtant, l'enveloppa plus subtilement encore.

La fatigue, la longue tension de la peur avaient affaibli ses bras et ses jambes. Dans cette chambre, sur ce lit, il pourrait oublier ses craintes. Si seulement il s'allongeait... Les draps de soie le convièrent à le faire. Ils semblèrent se glisser d'eux-mêmes en ondulant sur son corps.

Dans l'état de rêverie qui était maintenant le sien, Harker ne fut pas surpris de constater qu'il n'était plus seul. Les belles occupantes de ces quartiers féminins étaient avec lui – et il avait l'impression d'avoir senti depuis longtemps leur présence.

Elles étaient trois, toutes jeunes, toutes nobles à en juger par leur mise et leurs manières, bien que deux d'entre elles fussent brunes comme des Tsiganes, avec de grands yeux sombres, perçants, qui semblaient presque rouges à la lumière jaune de la lune. Il nota avec intérêt – mais sans terreur, sur le moment – que des serpents grouillaient dans les cheveux de l'une d'elles. Toutes trois avaient des dents blanches qui brillaient comme des perles derrière le rubis de leurs lèvres sensuelles.

La troisième, la plus jeune, supposa Harker, était aussi blonde qu'on puisse l'être, avec une masse ondulante de cheveux d'or, des yeux semblables à de pâles saphirs.

Le jeune homme étendu sur leur lit – il savait que c'était

le leur – eut l'impression d'avoir autrefois connu la jeune fille blonde, dans le contexte d'une frayeur confuse, mais ne parvint pas à se rappeler où et quand il l'avait rencontrée.

Bien que la lune se trouvât derrière ces femmes, leurs corps ne projetaient aucune ombre sur le sol. Harker pouvait voir maintenant qu'elles n'étaient guère vêtues que de lumière – le clair de lune et le plus diaphane des voiles... Elles murmurèrent entre elles puis éclatèrent de rire – un rire argentin, musical, mais dur comme du métal, si dur qu'on ne l'aurait jamais cru sorti de la douceur de lèvres humaines.

La blonde, qui regardait directement Harker à présent, secoua la tête avec coquetterie, cependant que les deux autres semblaient la pousser à faire quelque chose. La voix d'une des brunes – celle qui paraissait un peu plus âgée que ses compagnes – avait la même dureté cristalline que leur rire.

– Vas-y la première, disait-elle à la cadette. Nous te suivrons.

L'autre brune ajouta ses arguments :

– Il est jeune et fort, il y aura des baisers pour toutes les trois.

Harker se sentait incapable de faire un mouvement – il eût été vain d'essayer. Il en décida ainsi, avec satisfaction, cependant que la blonde s'approchait de lui dans un silence total, surnaturel, et s'agenouillait près du lit. Elle se pencha au-dessus de Harker, si près qu'il eut l'impression de sentir et de goûter la douceur insoutenable de son souffle – un parfum de miel, qui ne masquait pas tout à fait l'odeur amère du sang.

Des ongles aigus se posèrent soudain sur sa poitrine, ses bras, ses jambes, piquant sa peau comme des insectes, lacérant ses vêtements comme des lames. Il ne pouvait rien faire, ne voulait rien faire.

La blonde arqua le cou, humecta ses lèvres. A la clarté de la lune, il découvrait à présent le corps de la jeune femme tout entier, voile diaphane envolé, et l'humidité brillait sur les lèvres écarlates, sur la langue rouge qui agaçait de sa pointe les dents acérées.

La chevelure blonde ondoya au-dessus du visage de Harker comme un nuage de parfum quand la jeune fille se pencha. Il s'aperçut que les dents aiguës mordaient à présent la chaîne de son petit crucifix d'argent – que la croix tombe, pensa-t-il, et elle tomba. Les autres femmes, trop impatientes finalement pour attendre leur tour, vinrent les rejoindre sur le lit. Leurs corps se pressèrent contre lui, leurs cheveux noirs, emmêlés de serpents, traînaient sur sa chair dénudée. Il était toujours incapable de bouger. Incapable. En même temps, il n'osait faire le moindre mouvement, fût-ce pour respirer, de peur qu'elles ne s'arrêtent. Il sentait maintenant leurs lèvres – trois paires de lèvres, trois langues.

Et leurs dents, à la pointe exquise...

Si douce...

L'interruption parut surgir de nulle part.

Une tempête de fureur, toute proche, s'abattait sur eux...

Harker poussa un grognement de frustration. Sans le vouloir, il ouvrit les yeux, juste à temps pour voir la main blanche du comte, anormalement velue, anormalement puissante, se refermer sur le cou mince de la blonde.

Harker ne perçut qu'un bref éclair de colère dans les yeux bleus de la jeune femme avant que Dracula, d'un brutal mouvement du bras, ne la projette à l'autre bout de la pièce, comme si elle n'avait été qu'une enfant, une poupée.

– Tu oses le toucher? fit-il d'une voix sourde mais dont la rage aurait fait s'écrouler un mur de pierre. Alors que je l'ai interdit? Cet homme m'appartient!

Gisant au clair de lune à l'endroit où il l'avait jetée, dans une posture étrange, presque celle d'un insecte, la jeune femme leva vers Dracula un visage transformé de fureur.

– A vous? Vous n'avez jamais aimé. *Vous n'aimez jamais!*

Les deux autres femmes s'étaient écartées de Harker. Toutes trois étaient à nouveau vêtues, à présent. Harker demeurait dans la position où elles l'avaient laissé. En proie à une langueur qui n'avait rien de naturel, il se demandait s'il rêvait. Ses yeux se refermèrent, sans qu'il le voulût, là encore.

Quand il rouvrit les paupières, les trois femmes, soumises, étaient retournées auprès de Dracula. D'une voix changée, plus maîtrisée, il leur disait :

– Si, moi aussi, je peux aimer. Vous en avez été témoin par le passé, vous avez été mes épouses – et j'aimerai encore.

Avec un geste méprisant en direction de Harker, il poursuivit :

– Je vous le promets, quand j'en aurai fini avec lui – c'est une question d'affaires – vous pourrez l'embrasser tout vôtre soûl.

Boudeuse, la plus jeune des femmes marmonna :

– Et nous n'aurons rien cette nuit ?

Silencieusement, la haute silhouette sombre de son maître tira de dessous sa cape un sac qu'il jeta par terre. Un hoquet, un faible gémissement, semblable à celui d'un enfant à demi étouffé, parvint aux oreilles de Harker qui, totalement horrifié, perdit conscience.

6

Encore maintenant, des semaines après l'événement, les pensées du Dr Jack Seward gardaient le souvenir amer du refus que Lucy Westenra avait opposé à sa demande en mariage. Cela ne le consolait pas de savoir qu'elle avait aussi éconduit Quincey Morris, le riche Texan qui avait souvent accompagné le docteur à la chasse au gros gibier, ni que Quincey souffrait tout autant de ce rejet. Pour Seward, le travail – un travail intellectuel captivant – semblait être le seul remède efficace et honorable à sa blessure d'amour-propre, et l'asile offrait au médecin du travail à satiété.

L'établissement dont la direction avait été confiée au brillant et encore jeune Dr Seward était une vieille bâtisse de la banlieue de Londres. Elle était isolée au cœur de son propre parc, planté d'arbres et ceint de murs, comme il convenait à un asile accueillant presque exclusivement une riche clientèle. C'était autrefois un manoir, comme Carfax, l'une des propriétés voisines depuis longtemps déserte. De construction ancienne – quoique beaucoup moins que Carfax –, l'asile avait été récemment rénové, en grande partie sous la direction de Seward, et doté des structures requises par un hôpital plus ou moins efficace et humain, satisfaisant aux normes médicales modernes en ces dernières années du XIXe siècle.

Le Dr Seward en était à la moitié de ses visites du soir. Autour de lui, derrière les portes à barreaux, montaient comme d'habitude des cris rageurs et incohérents des malades mentaux. Seward, qui y était accoutumé, ne les entendait qu'à moitié.

Lucy, Lucy! Non seulement la jeune fille était jolie, assez attirante, physiquement, pour menacer la santé mentale d'un soupirant, mais, en qualité d'héritière de Hillingham, elle était riche, c'était le moins qu'on pût dire.

Quand la mère de Lucy mourrait – événement qui, étant donné l'état alarmant du cœur de la vieille dame, se situait probablement dans un avenir proche –, Lucy serait en position d'héritier...

Mais assez rêvé. Le fait demeurait que Lucy Westenra l'avait rejeté, lui, médecin bel homme et prospère, se hissant rapidement au pinacle de sa profession. Elle avait exprimé son refus avec une note flatteuse de regret, mais quand même avec la plus grande netteté. Et qui eût pu l'en blâmer, quand elle avait la chance d'épouser un futur comte en la personne d'Art Holmwood?

Au cours des semaines écoulées, Jack Seward avait fini par se rendre compte que ce n'était pas vraiment la fortune de Lucy Westenra ni même son corps provocant qui lui manqueraient le plus. Le plus dur, c'était qu'il aimait véritablement la jeune fille...

La porte d'une autre cellule grinça, ouverte par les soins d'un gardien. L'intérêt professionnel de Seward se réveilla, chassant provisoirement de son esprit la pensée de Lucy : ce malade était réellement une curiosité.

Comme la plupart de celles du bâtiment, l'unique fenêtre de la petite cellule était munie de barreaux empêchant toute fuite – ou intrusion. Elle était cependant ouverte pour laisser entrer l'air du dehors, et même des hirondelles et autres oiseaux, comme l'attestaient les fientes séchées recouvrant le sol. Dans les coins de la pièce, de la nourriture destinée au malade avait été délibérément écrasée, émiettée, afin d'attirer une multitude de mouches.

Les deux gardiens accompagnant le docteur ce soir-là dans ses visites – tous deux solidement bâtis – s'arrêtèrent et attendirent dans le couloir. Seward entra, réprima un hoquet de dégoût. Peut-être, en l'occurrence, sa politique consistant à se montrer tolérant à l'égard des excentricités des patients avait-elle été une erreur.

– Bonsoir, Mr. Renfield, dit-il.

L'unique occupant de la cellule leva les yeux. C'était un quadragénaire trapu au crâne dégarni, vêtu de la chemise grossière et du pantalon distribués aux malades masculins. Sa personne, contrairement au lieu, était nette et soignée. Il portait des lunettes à verres épais et arborait pour l'instant une expression aimable. Se tournant vers Seward, il révéla qu'il tenait dans sa main droite une assiette d'insectes, de vers et d'araignées. L'aliéniste eut l'impression que les bêtes étaient vivantes mais paralysées par quelque moyen.

– Amuse-gueule, Dr Seward? Canapés?

La voix était cultivée, les manières calmes.

– Non, merci, Mr. Renfield. Comment vous sentez-vous, ce soir?

– Bien mieux que vous, mon petit docteur en proie au mal d'amour, répondit le fou qui, avec désinvolture, tourna le dos au visiteur.

Reposant soigneusement l'assiette et son précieux contenu, Renfield s'accroupit dans un coin et entreprit d'attraper quelques-unes des mouches qui voletaient autour de son appât, aliments en décomposition abondamment saupoudrés de sucre. Ses mains fortes aux doigts épais se montraient habiles à cette tâche. Les mouches protestaient en bourdonnant quand il les emprisonnait, vivantes, dans l'un de ses poings.

En proie au mal d'amour. Évidemment, les assistants et les garçons de salle devaient souvent se répandre en commérages devant les malades. Jusqu'à présent, Seward était parvenu à garder à ses réactions une neutralité scientifique.

– Ma vie privée vous intéresse? s'enquit-il.

– Toute vie m'intéresse, répliqua Renfield.

Avec le geste d'un convive s'apprêtant à porter un toast, il approcha la poignée de mouches de sa bouche. Seules une ou

deux s'échappèrent quand il les goba. Avec un plaisir mani-
feste, il mâcha et avala.

Ce soir, Seward éprouvait quelque difficulté à maintenir
une neutralité scientifique.

— Votre régime est écœurant, Mr. Renfield.

Les yeux de l'ancien avoué pétillèrent derrière ses
lunettes, comme sous l'effet d'un compliment.

— Extrêmement nourrissant. Chaque vie que j'ingère me
redonne vie, accroît ma vitalité.

Il tint un moment entre le pouce et l'index une grosse
mouche noire, d'aspect juteux, à qui il réserva le même sort
qu'aux autres. Seward faisait de gros efforts pour conserver
un peu d'objectivité.

— Une mouche vous donne de la vie ?

Comme le médecin l'avait espéré, son malade était tout
disposé ce soir à discuter de sa théorie.

— Les ailes saphir de la mouche symbolisent parfaitement
les pouvoirs aériens des facultés mentales. C'est pourquoi les
anciens avaient tout à fait raison de représenter l'âme
humaine par un papillon.

— Est-ce là une intuition philosophique qui vous est venue
pendant votre récent voyage en Europe centrale ?

Pas de réponse.

— Je crois, soupira Seward, qu'il va me falloir inventer
pour vous une nouvelle catégorie de fous.

— Vraiment ? Peut-être pourriez-vous en trouver une meilleure que celle de votre vieux maître, le professeur Van Helsing ? « Zoophage arachnophile », carnivore amateur d'araignées. Naturellement, cela ne correspond pas tout à fait à
mon cas.

D'un mouvement vif, Renfield se pencha au-dessus de
l'assiette, y prit une des araignées, la considéra, et l'avala.

— Oui, les araignées, fit Seward, plus pour lui-même que
pour Renfield ou les robustes gardiens qui se tenaient toujours dans le couloir. Comment les araignées s'intègrent-elles
dans votre théorie ? Parce qu'elles mangent des mouches, je
suppose...

– Oh! oui, elles en mangent.

Renfield eut pour Seward le hochement de tête encourageant d'un professeur guidant un brillant élève vers une réponse.

– Et les hirondelles?

– Oui, les hirondelles! s'écria le fou, dont l'excitation croissait rapidement.

– Elles mangent les araignées, je présume.

– Oui, oui!

– Nous en venons ainsi, par une progression logique, à... à quelque chose... de plus gros, peut-être? Une bête capable de dévorer des hirondelles?

Renfield, dont l'agitation devenait soudain frénétique, se jeta à genoux sur le sol de pierre et s'écria d'un ton suppliant :

– Un chaton! Un gentil petit chat joueur que je pourrais nourrir. Je vous en prie!

Plissant les yeux, le médecin fit un pas en arrière pour échapper aux mains du malade qui cherchaient à l'agripper. Derrière lui, les gardiens se tenaient prêts à intervenir au besoin.

– Vous ne préféreriez pas un chat? proposa Seward.

– *Oui, oui un chat!* s'écria Renfield en extase. Un gros chat. *Mon salut en dépend*!

– Votre salut?

L'expression, les manières du malade se modifièrent. Une sorte de calme lui revint. Se relevant, il regarda Seward dans les yeux.

– Des vies, dit-il simplement. Ça se résume à cela. J'ai besoin de vies pour le Maître.

L'aliéniste cligna des yeux : c'était nouveau.

– Quel « maître »? Vous voulez dire le professeur Van Helsing?

L'expression du fou se fit méprisante.

– Non! Le *Maître*! Il viendra.

– Ici? A l'asile?

– Oui!

— Dans votre cellule?

— Oui!

— Pourquoi?

— Il a promis de me rendre immortel!

— Comment?

Cette dernière question poussa la sonde trop près du nerf. Avec une plainte étranglée, Renfield se rua en avant, ses mains puissantes grandes ouvertes. Les deux gardiens restés dans le couloir n'avaient pas relâché leur vigilance et se précipitèrent aussitôt pour intervenir. Ils arrivèrent cependant un rien trop tard puisque les deux mains du fou s'étaient refermées sur le col de Seward. Les dents qui avaient mâché mouches et araignées cherchaient maintenant à mordre le cou du médecin.

Hoquets et jurons. Trois hommes contre un, dans une lutte vacillante. Les malades d'autres cellules, sentant la violence, se mirent à pousser des clameurs effrayantes.

Seward, loin d'être lui-même un avorton, tirait de toutes ses forces sur les poignets de Renfield pour desserrer les mains qui l'étranglaient, mais en vain. Les bras du dément semblaient sculptés dans la pierre. Les poumons du médecin allaient éclater; le monde virait au rouge et au gris devant ses yeux.

Renfield hurlait à présent :

— Le sang est vie. *Le sang est vie!*

Un des assistants le saisit au cou par-derrière pour l'empêcher de mordre; l'autre le prit par l'épaule et le bras. Mais même à trois contre un, de simples prises de lutteur ne sauveraient pas le Dr Seward de l'étranglement. Des matraques s'élevèrent, s'abattirent. Un des assistants eut néanmoins un bras cassé avant que le malade mental ne soit finalement maîtrisé.

7

C'était à nouveau le matin dans les Carpates – lumière grise sur une pluie printanière qui frappait par intermittence les hautes fenêtres de la suite qui était devenue le refuge de Harker, au-dessus de la cour déserte du château de Dracula.

Le jeune Anglais s'était réveillé dans sa chambre, dans son lit habituel. Un moment, avant que ses paupières ne s'ouvrent, il était parvenu à se convaincre que sa mésaventure avec les trois femmes n'avait été qu'un rêve. Un moment seulement, car ensuite, malgré l'invraisemblance et l'horreur de ce qui s'était passé, il se persuada bientôt que leurs étreintes avaient bien été réelles.

Ses vêtements déchirés attestaient de la réalité de ce cauchemar, de même que certaines marques indolores, apparemment sans danger, mais terrifiantes, indiquant la pénétration de dents pointues, dans trois endroits au moins de son corps. Ses parties intimes, sa virilité même, n'avaient pas été épargnées.

Avoir cédé à la tentation d'une façon normale avec une ou plusieurs femmes aurait déjà été suffisamment condamnable pour un homme fiancé. En particulier, lui semblait-il, pour un homme à qui Mina accordait son amour. Mais cela...!

Écrasé par la honte, par le sentiment d'avoir commis un crime horrible, Harker demeura un moment assis au bord du lit, le visage enfoui dans les mains. Il luttait non seulement contre sa faute mais contre le souvenir d'un vif plaisir.

Finalement, il se ressaisit, prit la décision de faire face aux difficultés, aussi grandes qu'elles pussent être, et de les surmonter. Dorénavant, il se conduirait d'une manière digne du grand amour que Mina lui portait dans son innocence.

Ce devait être le comte lui-même, supposa-t-il, qui l'avait mis au lit dans cette pièce et déshabillé. Un certain nombre de petits détails – mis à part les vêtements lacérés et les blessures – indiquaient que, la veille, il n'avait pas suivi la routine habituelle du coucher : sa montre de gousset, par exemple, n'était pas remontée, et il ne manquait pourtant jamais de le faire avant de s'endormir. Toutefois, on n'avait apparemment pas touché au contenu de ses poches, en particulier à son journal, et il murmura une petite prière de remerciement. Si Dracula avait remarqué le petit carnet, il l'aurait volé ou détruit, Harker en était certain. Le comte avait peut-être été pressé par le temps, pour une raison ou une autre.

Lentement, le jeune Anglais se baigna – privé de miroir, il avait renoncé à se raser – et s'habilla avec des vêtements pris dans sa malle. Sans même jeter un coup d'œil dans la pièce d'à côté, il savait que, ce matin comme les autres jours, il y trouverait un bon petit déjeuner servi dans la vaisselle d'or ou d'argent, avec du café au chaud dans l'âtre. A l'évidence, il restait utile comme professeur de langue et conseiller sur les usages anglais.

Mais aujourd'hui, il n'avait pas faim.

Après s'être habillé, il passa quelque temps à écrire son journal. Harker considérait cette activité comme une partie nécessaire de ses efforts résolus pour garder la raison. Il nota même, aussi clairement et objectivement que possible – malgré le risque que Mina pût un jour lire ces mots –, ce qu'il se rappelait de l'épisode des trois femmes.

Surpris par des bruits inhabituels dans la cour – cris rauques d'hommes, grondements de chariots –, il rangea à la hâte le carnet dans la poche intérieure de sa veste et alla regarder à la fenêtre.

A son étonnement, l'endroit n'était plus désert. Harker vit

un groupe de Bohémiens – de *Szgany*, comme il avait appris qu'on les appelait dans ce pays – chargeant de grandes caisses de la taille d'un cercueil, apparemment lourdes, sur des charrettes tirées par quatre ou six chevaux. D'après le nombre de véhicules, Harker calcula qu'il devait y avoir plusieurs dizaines de ces caisses, toutes de la même taille et de la même forme, toutes portant le blason des Dracula. On les apportait dans la cour une par une, mais étant donné l'emplacement de sa fenêtre, Harker ne pouvait voir exactement de quel endroit du château elles provenaient.

Les Tsiganes s'occupaient avec entrain de leur étrange chargement. Harker se campa devant la fenêtre de manière à être bien visible et tenta d'attirer leur attention. Il espérait convaincre l'un d'eux de poster une lettre pour l'Angleterre, avertissant son employeur qu'il était retenu prisonnier. Mais seuls quelques hommes de peine remarquèrent l'homme à la fenêtre, se moquèrent simplement de lui et négligèrent même les pièces qu'il montrait pour tenter d'éveiller leur intérêt.

Tremblant de peur et de colère, il demeura alors tapi près de la fenêtre, continua à observer l'activité inhabituelle de la cour sans se montrer.

Les caisses se multipliaient. Dès qu'une charrette était pleine, elle quittait la cour et un véhicule vide la remplaçait. Une des caisses glissa au moment où on la hissait et s'ouvrit en tombant par terre. Harker vit se répandre de la terre moisie, verdâtre, qui commença aussitôt à se transformer en boue sous le crachin.

L'incident mit fin à la gaieté des Bohémiens. Ils cessèrent de chanter et de rire, jetèrent de fréquents coups d'œil pardessus leur épaule, vers les hautes fenêtres du château. Manifestement, ils craignaient la colère de leur employeur. Non seulement les Bohémiens mais les chevaux eux-mêmes, sembla-t-il au jeune Anglais, étaient effrayés par l'incident. Les hommes se hâtèrent de réparer le dommage, trouvèrent quelque part de quoi réparer la caisse, y replacèrent son contenu du mieux qu'ils purent et recommencèrent à charger.

Peu après, Harker recula de la fenêtre. Qu'un chargement de terre moisie partît du château de Dracula, c'était intrigant, mais il y avait des problèmes plus urgents à résoudre. A l'évidence, il ne pouvait espérer d'aide des Tsiganes qui accomplissaient consciencieusement leur tâche mystérieuse pour le maître des lieux. Une seule alternative s'offrait donc à lui : ou il attendait dans sa chambre, ou il trouvait à s'occuper d'une manière ou d'une autre jusqu'à ce que le jour gris fasse place à la nuit.

Une fois la nuit tombée, les trois femmes viendraient à sa porte – il en était aussi sûr que si elles le lui avaient promis. Maintenant qu'elles avaient établi avec lui une sorte de relation, elles ne manqueraient pas de venir rire et murmurer dans le couloir, promettre de nouvelles délices, le tenter insupportablement jusqu'à ce qu'il cède et vienne à elle... Il savait qu'il céderait.

Son sang se glaçait, cependant, à la pensée que peut-être les trois femmes lui avaient effectivement fait cette promesse, la veille, alors qu'il gisait, impuissant, dans une sorte de transe.

Le souvenir mêlé d'horreur, de souffrance et de plaisir le fit violemment frissonner. Mais non, ce n'étaient pas des femmes – Mina, elle, était une femme. C'étaient des démons sortis de l'enfer !

Chaque fois qu'il fermait les yeux, il revoyait le mouvement du sac que le comte leur avait jeté, il entendait le cri humain à demi étouffé qui s'en échappait. De sa mémoire, ou de son imagination surgissait l'image d'un bébé nu tiré du sac par la main blanche aux longs ongles...

Mais tant qu'il faisait jour, le prisonnier avait la possibilité de faire autre chose. De rassembler son courage et de tenter une évasion par la seule issue qui s'offrait à lui, celle qu'il avait vu Dracula lui-même emprunter. Harker pouvait essayer de s'enfuir en descendant le long de la muraille du château.

La tête froide à présent, le jeune homme acceptait ce choix bien qu'il fût terriblement dangereux, presque suicidaire, même. Il préférait la mort au sort que le comte et les trois épouvantables femmes lui réservaient peut-être.

En tout cas, s'il devait tenter de s'enfuir par le mur du château, il fallait manifestement le faire de jour. Et il serait vain d'essayer de s'échapper par le côté où les Bohémiens, serviteurs loyaux du comte, pourraient le voir. Il devait descendre par l'autre mur, celui qui prolongeait une paroi à pic, et il devait le faire maintenant, tout de suite, avant que la peur et le terrible attrait de ce qui l'attendait cette nuit ne se conjuguent pour entamer sa détermination. De toute évidence, il ne pourrait emporter que ce qui se logerait dans ses poches : son journal, un peu d'argent, et pas grand-chose d'autre.

Quittant ses appartements sur une impulsion, sans se laisser le temps d'hésiter. Harker gravit une fois de plus le haut escalier conduisant aux fenêtres donnant sur le précipice et la rivière qui bouillonnait en bas, trop loin pour qu'il entende le rugissement de l'eau.

Une pluie brumeuse lui mouillait le visage à la fenêtre d'où il avait vu avec horreur le comte descendre le long du mur. Harker saisit la pierre humide de l'appui de fenêtre avec une force qui fit trembler les muscles de ses bras, se permit un regard, un seul, jusqu'en bas.

La vue n'était pas aussi effrayante qu'il l'avait pensé. En fait, la surface extérieure du mur n'était pas lisse au point de rendre la tentative complètement suicidaire. Les pierres effritées, mal jointes, et leur rugosité même lui laissaient un petit espoir que les doigts et les orteils d'un homme ordinaire pussent trouver une prise suffisante. Les dix ou quinze premiers mètres seraient les plus difficiles, estima-t-il; ensuite, la paroi offrait plus d'aspérités.

Serrant les dents, le jeune homme murmura : « Si je le trouve sur mon chemin, je devrai le tuer. Adieu, Mina, si j'échoue. Adieu à tous! »

Il murmura une prière, monta sur l'appui de fenêtre mouillé de pluie, commença à descendre en s'en remettant à son courage, à sa volonté, à l'extrémité de ses doigts. Mais

ces atouts – les seuls qu'il possédât – se révélèrent rapidement inadéquats. Harker n'était descendu que de quelques
pieds quand ses mains lâchèrent soudain prise sur les vieilles
pierres.

Un cri de terreur jaillit de sa poitrine.

Il glissait le long d'une pente quasi verticale, s'ensanglan-
tait les mains dans un effort désespéré pour freiner sa chute,
quand il s'arrêta tout à coup dans la vase et l'eau remplissant
une sorte de bassin de pierre au flanc du château.

Crachant, toussant, il sortit la tête hors de l'eau croupie,
songea confusément que ce réceptacle grand comme une bai-
gnoire avait dû faire autrefois partie d'un système de
citernes pour recueillir l'eau de pluie.

Harker frissonna en prenant conscience d'avoir échappé
de peu à la mort, regarda autour de lui de son refuge pré-
caire et provisoire. A droite et à gauche, aucune chance, rien
qu'un mur lisse à la verticale sur plusieurs mètres. En dessous, ce même mur descendait droit vers une paroi tout aussi
escarpée qui tombait dans la rivière lointaine.

Mais une nouvelle possibilité se présenta. Du bassin de
pierre dans lequel il était accroupi, le tunnel bas et sombre
d'un conduit, à peine assez large pour le corps d'un homme,
retournait à l'intérieur du château. Il était obstrué par des
débris et de la boue, mais Harker pouvait creuser. Quand il
entreprit de le faire, l'eau qui lui avait sauvé la vie,
commença à s'écouler en gargouillant.

Il n'avait pas le choix. Murmurant une autre prière, le
jeune homme rampa la tête la première à l'intérieur du tunnel.

Avec de nombreux tournants et étranglements, le conduit
l'entraînait dans une interminable descente. Dans le noir et
la puanteur, il progressait. Des toiles d'araignée lui frôlaient
le visage; des rats et d'autres créatures détalaient à son
approche. La pierre entaillait ses genoux et ses coudes à travers le tissu mouillé de ses vêtements.

Il continuait à descendre.

Au bout d'un moment, il estima qu'il ne devait plus être très loin du niveau de la cour.

Doucement, maintenant! Sans bruit!

Précautionneusement, s'efforçant d'être le plus silencieux possible, il rampait.

Enfin la providence, le sort ou quelque puissance bienveillante parut lui sourire. Harker réussit à éviter les Bohémiens quand il émergea enfin. Au lieu de la cour familière, il se retrouva dans une vaste salle dont l'obscurité semblait atténuée par la lumière indirecte du jour. Le fugitif avait le cœur battant d'espoir en songeant que l'extérieur, que la liberté devaient être tout proches.

Attention, pourtant! En se mettant debout, il entendit distinctement les *Szgany* chanter en travaillant. Mais leurs voix paraissaient suffisamment lointaines, cependant, pour qu'il n'y eût pas danger immédiat.

Harker étira ses membres engourdis par la longue et tortueuse descente à plat ventre, regarda prudemment autour de lui et s'aperçut que cet endroit obscur où le hasard l'avait conduit devait être – ou plutôt avait été jadis – une chapelle. Elle lui parut très ancienne, du xvᵉ siècle peut-être.

Une grande partie des murs était percée d'alvéoles qui, il ne tarda pas à le comprendre, étaient des caveaux, des sépulcres au-dessus du sol. Devant une haute fenêtre dont le vitrail était intact, un autel (où il déchiffra le nom DRACULEA gravé dans la pierre) supportait une grande croix de bois, tachée de sang séché.

Cependant que Harker fixait cette croix solitaire, ses yeux s'emplirent de larmes pour une raison qu'il ne comprenait pas lui-même, et il chercha à son cou le petit crucifix d'argent qui ne s'y trouvait plus.

Les dalles du sol de cette salle caverneuse, en partie brisées, mettaient à nu une terre noire et presque morte. Apparemment, on l'avait récemment creusée : il y avait des pelles, une pioche. Et tout autour, disposées en rangs, d'autres caisses étranges en forme de cercueil attendaient manifestement d'être chargées sur les charrettes. L'une de ces caisses, dont le couvercle était en place mais ne semblait pas cloué comme celui des autres, avait été placée un peu à l'écart.

Tout près, à moins de quelques mètres, les Tsiganes s'interpellaient, clouaient, chargeaient. Harker entendit le grincement des roues sur les pavés, le claquement des fouets.

Comme il regardait à nouveau autour de lui, cherchant le meilleur moyen de finir de s'évader, son œil fut attiré par une étrange lueur dans la lumière indirecte du jour, une tache jaune, là où la terre apparaissait sous les dalles cassées. S'approchant en silence, Harker se pencha, ramassa une pièce d'or à l'empreinte ancienne et inconnue, puis une autre. Rapidement, avec l'idée que cela pourrait lui être utile pour son évasion, il recueillit une poignée du trésor mêlé à la terre.

Presque trop tard, il s'aperçut que les voix des Bohémiens s'étaient soudain rapprochées. Il se jeta dans un recoin, se pressa contre le mur. L'instant d'après, plusieurs Tsiganes pénétraient dans la chapelle, soulevaient un des cercueils avec des grognements et l'emportaient. Dès qu'ils furent repartis, Harker sortit de sa cachette. Pour le moment, le besoin de savoir était plus fort que l'envie de s'échapper.

Il alla au cercueil placé un peu à l'écart des autres, souleva le couvercle, se figea de peur et d'horreur en en découvrant le contenu.

Dracula, vêtu d'une tunique brodée d'or et de perles, le fixait.

Il fallut un long et cauchemardesque moment à Harker pour se rendre compte que les yeux de l'homme allongé dans le cercueil, bien que tournés vers lui, ne le voyaient pas. Nul doute, en tout cas, c'était bien le comte en personne, étendu sur la terre sombre tel un être ordinaire reposant sur un lit douillet.

Harker se ressaisit, raisonna que Dracula devait être mort ou endormi – il n'aurait su le dire, car les yeux du comte n'avaient ni l'éclat de la vie, ni la fixité vitreuse de la mort.

Les joues semblaient retenir un peu de la chaleur du vivant malgré leur pâleur; les lèvres étaient rouges, tachées d'un sang qui paraissait frais et avait coulé des coins de la bouche; les yeux perçants étaient enfoncés dans une chair gonflée. Mais aucun signe de mouvement, aucune réaction à la brusque mise au jour.

Haletant, avec des gémissements étouffés de peur et de dégoût, Harker se pencha davantage, se contraignit à examiner soigneusement sa trouvaille. Il eut l'impression que l'épouvantable créature était simplement gorgée de sang, telle une immonde sangsue, épuisée après s'être gavée.

Au prix d'un effort de volonté, il s'approcha plus encore de l'homme – de cette chose à forme humaine – étendu dans la caisse et chercha vainement un signe de vie. Sa main sur la poitrine de Dracula ne sentit ni pouls, ni respiration, ni battement de cœur.

Harker trouva le courage de chercher d'éventuelles poches à la cape brodée dans l'espoir de découvrir des clefs – mais sans succès. Il sonda les yeux morts, y décela, bien qu'ils ne fussent pas réellement braqués sur lui, un tel regard de haine qu'il recula instinctivement. Presque aussitôt sa frayeur se transforma en colère.

Voilà donc l'être que lui, Harker, aidait à s'installer à Londres, là où pendant des siècles, peut-être, il assouvirait sa soif de sang sur les multitudes innocentes et engendrerait un cercle sans cesse plus large de demi-démons se repaissant de victimes impuissantes...

A Londres, où vivait l'innocente, la confiante Mina...

S'écartant du cercueil ouvert, sanglotant et gémissant dans sa rage soudaine, Harker empoigna une des pelles qui se trouvaient à sa portée et s'apprêtait à en abattre le fer de toutes ses forces sur le visage livide.

Mais alors, les yeux bougèrent dans la face morte; le regard du comte tomba sur celui qui le menaçait et exerça sur lui toute sa force.

La pelle échappa aux mains du jeune homme, heurta le sol avec fracas. Vacillant, il recula en direction du mur percé d'alvéoles. Aussitôt, il fut happé, saisi par des sortes de racines pâles qui se détachèrent du mur, une à une...

Sans comprendre, il baissa les yeux vers les doigts de la petite main blanche qui agrippait une de ses jambes de pantalon.

Épouvanté, le jeune homme se rendit compte qu'il était de nouveau tombé sous l'étreinte de trois vampires femelles. Il entendait et reconnaissait maintenant leurs voix languissantes. Leurs bras pâles et nus sortaient de leurs sépulcres respectifs pour le retenir. Leurs doigts menus, leurs ongles coupants essayaient de saisir ses vêtements, son corps. Il entendit et reconnut le ton suave de la plus jeune épousée, murmurant depuis le caveau :

– Ne nous laisse pas... tu as besoin de nous ce sssoir...

Les rires des trois femmes cascadèrent.

Harker le savait : s'il faiblissait un seul instant dans sa résolution, le plaisir pervers qu'il avait éprouvé sur cette couche moelleuse, au clair de lune, reviendrait...

Avec un grognement, il se dégagea, courut, évita l'entrée principale de la chapelle où s'affairaient les Bohémiens, aperçut la lumière du jour visible dans une autre direction, au-dessus d'un mur éboulé.

Coulant son corps par l'étroite ouverture, Harker courut et tomba, rampa, se remit à courir.

Enfin, il parvint à un endroit où il n'y avait plus de murs, où il sentait la pluie sur son visage, et où le seul rire qu'on entendait était humain. Dément mais humain.

Le rire se prolongea. Il ne finit par s'arrêter que parce que le fugitif avait besoin de tout son souffle pour courir.

8

Quelques semaines plus tard, par une journée d'août étouffante, Renfield, l'ancien avoué du cabinet Hawkins & Thompkins, s'agitait dans sa cellule de l'asile de Purfleet. Ce jour-là, même l'élevage de ses nombreux petits insectes, arachnides et oiseaux, qu'il trouvait d'ordinaire captivant, ne parvenait pas à retenir son intérêt.

Pendant les premières heures de l'après-midi torride, il était demeuré aux barreaux de sa fenêtre, observant le soleil, ne répondant ni aux médecins ni aux assistants qui s'occupaient de lui, ni aux appels et aux cris occasionnels des autres aliénés.

L'air du voisinage était lourd, calme, mais l'ancien avoué sentait – comment? il n'aurait su l'expliquer – qu'un orage violent approchait en provenance de la Manche. Par les yeux de l'esprit, il voyait des nuages, masses sombres teintées de soleil à leurs extrémités, suspendus au-dessus d'une mer grise. L'océan déferlait sur les hauts-fonds et les bancs de sable avec un grondement étouffé par les brumes dérivant vers la côte. L'horizon se perdait dans un brouillard gris, tout n'était qu'immensité. Les nuages s'entassaient tels des rochers géants et, au-dessus de la mer, flottait un murmure semblable à un mauvais présage. Des formes sombres, indistinctes, parfois à demi enveloppées de brume, se mouvaient sur les plages.

Le plus étrange, c'était que cette tempête, cet orage formidable était *contrôlé*. Dans la perception de Renfield, tout se passait comme si la Nature elle-même était manipulée par une main puissante. Une main que le dément était sûr de reconnaître, celle du Maître dont il attendait la venue depuis si longtemps et avec une telle impatience.

Bien entendu, la tempête poussait des navires devant elle. C'était en soi une chose naturelle, mais...

L'un de ces bateaux, un navire étranger, apparaissait à Renfield avec une netteté particulière. Il y avait quelque chose de spécial dans son équipage. Quelque chose dans sa cargaison, oui – une sorte de miracle, à fond de cale...

Mais il n'osait pas trop y penser pour le moment. Aujourd'hui, l'air lourd recelait des secrets merveilleux, des secrets qu'il fallait encore taire...

Même après toutes ces semaines, les os de Renfield gardaient encore le souvenir douloureux de la correction infligée par les gardiens de Seward. Pauvre docteur! Il n'était pas vraiment l'ennemi de Renfield.

Non... L'étrangler ne présentait réellement aucun intérêt.

L'orage approchait.

Les bras et les jambes de Renfield se murent avec raideur quand il quitta enfin la fenêtre. Il était grand temps, se disait-il, d'inspecter son élevage.

Accroupi sur le sol, il murmura à ses mouches et à ses araignées : « Rassemblez-vous, mes belles; le Maître de toute vie sera bientôt ici. »

Thomas Bilder, gardien-chef du jardin zoologique de Londres, près de Regent's Park, et occupant avec son épouse un des petits cottages derrière le pavillon des éléphants, s'enorgueillissait d'avoir la responsabilité des loups, des chacals et des hyènes.

L'animal préféré de Mr. Bilder était sans aucun doute un énorme loup gris appelé Berserker [1], davantage pour sa taille et son aspect que parce qu'il montrait réellement de la férocité. Les jours calmes, juste après que l'animal avait fini de manger, le gardien se risquait parfois à le gratter entre les

---

1. De *Berserk* : fou furieux. *Berserker* : qui rend fou. *(N.d.T.)*

oreilles. Berserker avait été capturé quatre ans plus tôt en Norvège, expédié chez Jamrach, un marchand d'animaux bien connu de Londres, et de là au zoo.

Ce jour-là, Bilder, assis à la fenêtre de son cottage, nota l'atmosphère oppressante et l'approche de l'orage. Il entendit aussi des jappements distants mais nets indiquant que ses pensionnaires étaient agités. Parfois, les visiteurs les tourmentaient. Marmonnant quelques mots à sa femme, le gardien résolut de retourner aux cages voir comment allaient les bêtes confiées à ses soins.

En arrivant, Mr. Bilder remarqua que plusieurs loups, et en particulier Berserker, étaient particulièrement excités par, supposait-il, le changement de temps. Étant donné l'aspect menaçant du ciel, il y avait peu de visiteurs, et aucun ne paraissait importuner les animaux.

Cet après-midi-là, Berserker se trouvait seul dans une cage où il tournait inlassablement en rond, hurlant et jappant presque sans arrêt. Bilder parla en termes apaisants à la bête pour tenter de la calmer – il ne se serait pas risqué, comme il le déclara plus tard, à passer une main entre les barreaux. Mais Berserker refusait de se calmer et Bilder, que d'autres tâches réclamaient, renonça bientôt à sa tentative.

Quelques instants seulement après que le gardien eut tourné le dos à la bête, il se mit à pleuvoir, ce qui le fit battre en retraite précipitamment vers son cottage. Et quelques secondes seulement après le début de l'averse, le premier éclair frappant le zoo tomba sur la cage.

Par bonheur, aucun visiteur, aucun animal ne fut touché mais toutes les entraves à la liberté de Berserker furent instantanément et violemment levées. L'instant d'après, la forme grise du fauve bondissait par-dessus les barreaux tordus et disparaissait dans le parc.

Malgré la pluie battante, Bilder s'était retourné quand la foudre avait frappé et avait découvert la cage démolie. Pendant plusieurs minutes, il tenta de poursuivre l'animal échappé mais là encore, ses efforts se révélèrent parfaitement vains.

Au moment où le loup s'échappait dans le centre de Londres, l'orage était encore à quelques minutes de Hillingham. Cet après-midi-là, Mina Murray et Lucy Westenra étaient assises ensemble sur un banc de pierre dans le jardin, juste à côté du paisible cimetière familial.

La journée avait été tranquille et silencieuse, uniquement troublée par les cris intermittents des paons. Tôt le matin, le soleil avait brillé mais, depuis midi, le ciel s'était peu à peu couvert de nuages jusqu'à ce que le temps, à l'est, devienne franchement menaçant. Pour l'instant, toutefois, aucune des jeunes femmes ne prêtait attention au ciel.

Lucy soupira, contempla le paysage familier et dit à sa compagne :

– Oh! c'est l'endroit au monde que je préfère.

Mina crut déceler une fausse note dans cette affirmation.

– Mais quelque chose te tourmente?

– Pas vraiment. Non, répondit Lucy, le regard lointain. C'est juste que, dernièrement, mes crises de somnambulisme ont repris – tu sais, comme lorsque nous étions adolescentes. Et je fais des rêves fort étranges.

– Tu n'aurais pas une liaison sordide avec un grand brun ténébreux?

Lucy sourit.

– Quelle exquise suggestion! Mais non. La vérité, c'est que je l'aime. Je l'aime! Tiens, cela me fait du bien de le proclamer. Je l'aime et je lui ai dit « oui »!

– Oh! Lucy, enfin! s'écria Mina avec une joie mêlée de jalousie. Tu as fait ton choix, alors? Est-ce que c'est le Texan au grand couteau?

Le tonnerre se mit à gronder au loin à l'est.

– Non, dit Lucy en secouant ses boucles rousses. Je crains que Quincey ne soit aussi déçu que Jack l'a été. Arthur est celui que j'ai choisi. Oh! Mina, Arthur et moi deviendrons un jour lord et lady Godalming, et l'été prochain tu nous rendras visite dans notre villa de France. Toi et Jonathan, je veux dire. Et bien entendu, tu seras ma demoiselle d'honneur Oh! dis oui!

– Naturellement, Luce... Mais je croyais que tu aimais vraiment ce personnage du Texas.

La jolie rousse se tourna, surprise.

– Mais je l'aime, déclara-t-elle, et je continuerai à l'aimer.

– Le Dr Seward aussi, je présume.

– Oui, le brillant docteur Jack, qui m'a si gentiment demandé ma main – pourquoi pas? Ne me regarde pas comme cela, Mina. Si, une fois mariée, j'ai l'occasion de me retrouver avec l'un d'eux... Franchement, tu n'es quand même pas aussi naïve! Tu es assommante depuis que Jonathan est parti à l'étranger – oh, excuse-moi, ma chérie! Tu me pardonnes?

Mina s'était mise à pleurer. Oubliant momentanément ses propres démêlés sentimentaux, Lucy devint toute sympathie et sollicitude.

– Tu es inquiète pour Jonathan, bien sûr!

– Je... je n'ai reçu que deux lettres depuis tout ce temps. Une de Paris et une de l'endroit où il séjourne. Et cette dernière lettre était si bizarre, si froide. Elle ne lui ressemblait pas du tout.

Il y eut un éclair à l'est puis le tonnerre roula de nouveau, plus fort, cette fois. Un vent frais se mit à souffler du fleuve.

– Mina... es-tu sûre de bien le connaître? N'importe quel homme peut se révéler indigne de confiance, tu sais.

Les derniers mots de Lucy se perdirent dans le tonnerre. D'un commun accord, les deux jeunes filles quittèrent le banc et se dirigèrent vers la maison.

– Pas Jonathan, affirma Mina en secouant la tête.

– Jonathan aussi, crois-moi, ma chère. S'il devient froid à ton égard, c'est peut-être parce que tu n'aimes pas l'homme qu'il faut...

La pluie tomba soudain, trempant les robes des jeunes femmes qui s'étaient mises à courir, et que l'orage poussait devant lui.

Sur la Manche, le schooner *Demeter*, battant pavillon russe, fuyait depuis des heures devant le vent, toutes voiles dehors. Cette imprudence apparente du capitaine et de l'équipage dont s'étonnaient à terre des observateurs suivant l'approche du vaisseau, trouva par la suite une explication des plus macabres.

Le navire, violemment poussé dans l'embouchure de la Tamise, finit par s'échouer près de Greenwich. En montant à bord, les enquêteurs constatèrent que tout l'équipage manquait à l'exception de l'homme de barre. Ce dernier, que l'on identifia plus tard comme étant le capitaine, était mystérieusement mort, les mains attachées à la barre.

Dans une de ses poches on trouva une bouteille hermétiquement bouchée qui ne contenait qu'un petit rouleau de papier. Traduit – assez maladroitement – par un employé de l'ambassade russe, le document se révéla être un additif au livre de bord, dont l'employé fournit aussi la traduction. Ce texte provoqua une vive émotion lorsqu'il fut reproduit par plusieurs journaux à sensation de Londres.

Un autre détail insolite de l'histoire étrange du *Demeter*, bientôt repris par les journaux, fut fourni par des témoins l'ayant vu s'échouer. Tous rapportèrent qu'un énorme chien jailli de la cale avait bondi à terre aussitôt après que le navire avait heurté le dock. On fit des recherches mais on ne put retrouver l'animal.

Quant au mort à la barre, il était simplement attaché par les mains à l'une des manettes. Entre les mains et le bois, on trouva un rosaire dont les grains entouraient à la fois les poignets de l'homme et la barre.

Un médecin, J.M. Caffyn, procéda à un examen et déclara que l'homme devait être mort depuis deux bons jours. Un garde-côte assura qu'il était possible que la victime se soit elle-même lié les mains en serrant les nœuds avec ses dents. Il va sans dire que l'homme de barre fut détaché de son poste où, comme l'écrivit un journaliste, « il avait accompli sa tâche jusqu'à la mort », et placé à la morgue en attendant l'enquête du coroner.

Les conclusions de cette enquête n'eurent naturellement pas un caractère péremptoire. Personne n'était là pour dire si le capitaine, pris de folie, n'avait pas assassiné lui-même tout son équipage. L'opinion publique quasi unanime fut d'avis que l'homme était un héros, et il eut droit à des funérailles officielles.

On constata que la cargaison du *Demeter* se composait essentiellement d'une cinquantaine de grandes caisses en bois remplies de terre. Elles avaient pour destinataire un avoué de Londres, Mr. S.F. Billington, qui, le lendemain de l'échouage, monta à bord et prit officiellement possession des caisses. Son client, qui avait réglé l'affaire par correspondance, l'avait déjà généreusement payé et lui avait donné des instructions quant à l'endroit où les caisses devaient être portées ensuite. La plupart d'entre elles avaient pour destination une propriété apparemment abandonnée appelée Carfax – ce que les journaux n'apprirent jamais.

L'intérêt du public se porta davantage sur le chien qui avait sauté à terre quand le bateau s'était échoué, et plusieurs membres de la S.P.A. firent part de leur intention de l'adopter. A la déception de tous, on ne le retrouva pas.

Au plus fort de l'orage, aux alentours de l'heure à laquelle le *Demeter* s'était échoué, un grand nombre de malades dans l'asile du Dr Seward s'étaient montrés très agités et leurs gardiens avaient eu recours au jet d'eau sous pression pour calmer les plus rebelles. Pour une fois, Renfield ne faisait pas partie des mécontents : sourd aux braillements de ses compagnons, il continuait à élever tranquillement sa multitude de petites vies subhumaines.

A minuit, la pluie avait presque cessé à Hillingham mais de fortes rafales d'un vent gémissant faisaient encore filer dans le ciel des grappes de nuages effilochés, danser les arbres dans tout le parc, et trembler les fenêtres.

Réveillée par un craquement plus fort que les autres – ou par quelque cause plus subtile –, Mina se leva et, se sentant inquiète, alla dans la chambre de son amie, qui jouxtait la sienne.

– Lucy ? Tu vas bien ? murmura-t-elle, nerveuse.

Dans l'obscurité, le lit qui se trouvait juste devant elle était presque invisible. Elle appela une deuxième fois, un peu plus fort.

– Lucy?

Toujours pas de réponse.

La jeune femme s'avança, explora à tâtons les draps en désordre, la courtepointe et les oreillers. Le lit était vide, froid : Lucy l'avait quitté depuis un moment.

Tout à coup, les portes-fenêtres donnant sur la terrasse s'ouvrirent, les rideaux se soulevèrent. Mina alla les refermer et, à sa surprise, aperçut dans le parc, à la lueur d'un éclair de l'orage qui s'éloignait, la petite silhouette de Lucy, reconnaissable à sa chemise de nuit rouge. Déjà loin, elle descendait la volée de marches basses conduisant au cimetière familial.

Une nouvelle crise de somnambulisme!

Retournant dans sa chambre, Mina enfila à la hâte quelques vêtements puis prit un grand châle pour Lucy et sortit en courant.

Le vent humide et froid continuait à arracher au fleuve des lambeaux de brume. Des nuages filant dans le ciel cachaient et révélaient tour à tour la lune. La jeune fille inquiète n'alla pas très loin dans ses recherches puisque le clair de lune lui révéla soudain Lucy sur le banc de pierre familier, mais cette fois bras et jambes écartés avec impudeur.

Ce fut une chose plus choquante encore qui fit s'immobiliser Mina.

Sur le corps allongé de son amie, entre ses cuisses, en fait, se tortillait une forme noire de la taille d'un homme – bien que Mina, dans sa stupeur et son épouvante, n'avait su dire si c'était un homme ou une bête. Par-dessus le bruit intermittent du vent, une espèce de hurlement, de cri plaintif échappait à l'une des silhouettes étendues sur le banc. Le gémissement d'une femme en proie à la souffrance; à la souffrance ou...

Rompant le charme qui l'avait un moment paralysée, Mina s'avança courageusement.

– Lucy! Luuucyyy...

Au son de sa voix, la forme sombre se releva, effrayée, se tourna et regarda Mina. Ou du moins la jeune femme eut l'impression que ses yeux rouges se braquaient sur elle – des yeux qui brillaient d'une telle férocité qu'elle se demanda un instant comment elle avait pu imaginer que c'était un homme.

Un nuage masqua à nouveau la lune, et dans l'obscurité, une voix d'homme s'adressa directement à Mina, une voix si basse qu'elle était presque inaudible. Elle lui disait – non, elle l'implorait – non, elle lui ordonnait quelque chose, dans une langue étrangère, usant de mots que la jeune femme n'avait jamais entendus mais qu'elle comprenait pourtant.

Puis la voix prononça un nom, *Elisabeth*.

Elisabeth, ne me vois pas.

Un moment plus tard, le clair de lune revint et montra Lucy toujours vautrée sur le banc, mais tout à fait seule. (Suis-je folle? pensa son amie. Pourquoi ai-je l'impression que, l'instant d'avant, elle n'était *pas* seule?) Et cela valait mieux car sa chemise de nuit, son unique vêtement, était honteusement retroussée. Elle haletait.

Murmurant et pleurant, Mina se précipita auprès de son amie, remit d'abord de l'ordre dans sa tenue puis y ajouta, prodiguant du même coup chaleur et décence, le grand châle qu'elle noua autour du cou de Lucy.

Otant ses propres chaussures, elle les enfila aux pieds nus de Lucy. Elle souleva ensuite la jeune femme qui, encore inconsciente, continuait à gémir, la fit se lever et entreprit de la ramener à la maison.

A mi-chemin, Lucy trébucha dans les bras de son amie, s'éveilla à demi et murmura avec terreur :

– Ses yeux... ses yeux...

– Tout va bien, dit Mina, qui s'efforçait de la rassurer et de la faire avancer en même temps. Tu as rêvé, ma chérie. Tu as encore marché en dormant. C'est tout.

Lucy émit une faible plainte.

– Je t'en prie, n'en parle à personne. Cela tuerait maman.

– Je n'en parlerai à personne, promit Mina.

Elles traversaient à présent la terrasse jonchée de feuilles et de branches arrachées par l'orage. Devant elles, la maison familière se dressait étrangement dans la nuit brumeuse.

– Lucy...? Qui est Elisabeth? J'ai l'impression...

Impression étrange, comme si Mina avait récemment entendu quelqu'un – quelqu'un qu'elle connaissait apparemment très bien – l'appeler par ce nom.

– Mina?

Désemparée, Lucy n'avait à l'évidence pas même idée de ce à quoi la question se référait.

– Peu importe, dit Mina en l'entraînant d'un pas plus vif. Peu importe. Ce qu'il faut, c'est te remettre au lit.

Elisabeth...

Ce n'était pas un commandement, cette fois, et il ne fut donc pas entendu. Ce n'était qu'un soupir d'émerveillement, poussé par le voyageur venu de loin qui, invisible dans l'obscurité et la pluie, les observait du cimetière.

EXTRAITS DU LIVRE DE BORD DU *DEMETER*
Varna-Londres

13 juillet. Doublé le cap Matapan. L'équipage (cinq matelots, deux maîtres, un coq) semblait mécontent de quelque chose. Semblait effrayé mais refusait de parler.

14 juillet. Un peu préoccupé par équipage. Les hommes sont tous des gars solides, qui ont déjà navigué avec moi. Le premier maître n'a pas pu découvrir ce qui ne va pas, ils lui ont dit seulement qu'il y a *quelque chose* et ils se sont signés. Le maître a perdu son calme avec l'un d'eux et l'a frappé. Redoutais bagarre violente mais tout est tranquille.

16 juillet. Le premier maître a rapporté au matin la disparition du matelot Petrofski. Impossible de l'expliquer. Ai pris quart bâbord huit heures la nuit dernière. Relevé par Abramoff mais ne suis pas allé me coucher. Hommes plus abattus que jamais. Tous disent qu'ils s'attendaient à quelque chose de ce genre. Premier maître de plus en plus impatient avec eux. Crains des ennuis.

17 juillet. Un des matelots, Olgaren, est venu à ma cabine et m'a confié avec frayeur qu'il pense qu'il y a un homme étrange à bord. Pendant son quart, il a vu un homme grand et mince, qui ne ressemblait à aucun de ses camarades, monter l'escalier des cabines, traverser le pont avant et disparaître.

Plus tard dans la journée, ai réuni l'équipage et leur ai dit que, puisqu'il croyait à la présence de quelqu'un à bord, nous fouillerions le navire de l'étrave à l'étambot. Ai laissé la barre au premier maître tandis que nous commencions les recherches, tous alignés sur un rang, avec des lanternes. Comme nous ne transportons que de grosses caisses en bois, il n'y avait pas de recoins où un homme aurait pu se cacher. Soulagé à la fin des recherches, l'équipage a repris le travail avec entrain.

22 juillet. Sale temps ces trois derniers jours, tous les hommes occupés par les voiles, pas le temps d'avoir peur. Équipage semble avoir oublié ses craintes. Premier maître à nouveau de bonne humeur, et bonne entente entre tous. Passé Gibraltar et sorti par le détroit. Tout va bien.

24 juillet. Un sort pèse sur ce navire. Déjà un homme en moins, une tempête à l'entrée du golfe de Gascogne, et un autre marin perdu – disparu. Comme le premier, il a pris son quart, et personne ne l'a revu. Panique chez les hommes, qui demandent qu'on double les quarts, parce qu'ils ont peur d'être seuls. Premier maître violent. Crains des problèmes si lui ou les hommes en viennent aux mains.

28 juillet. Quatre jours d'enfer, le vent souffle en tempête. Pas de repos pour personne. Équipage épuisé. Ne sais comment fixer les quarts puisque personne n'est en état de les assurer. Second maître volontaire pour tenir la barre et prendre le quart, laisser les hommes dormir quelques heures. Vent faiblissant, vagues toujours terribles.

29 juillet. Autre tragédie. Avons eu quart simple cette

nuit, équipage étant trop fatigué pour quart doublé. Quand le matelot de relève est monté sur le pont ce matin, il n'a vu personne d'autre que l'homme de barre. Il s'est mis à crier, nous sommes tous montés. Fouillé partout, trouvé personne. Suis maintenant sans second maître. Premier maître et moi décidons de porter dorénavant une arme.

30 juillet. Content d'approcher d'Angleterre. Beau temps, toutes voiles dehors. Me suis couché exténué, ai dormi profondément. Réveillé par le premier maître m'annonçant la disparition du matelot de quart et de l'homme de barre. Il ne reste plus que moi, le premier maître et deux marins pour manœuvrer le bateau.

1er août. Deux jours de brouillard et pas une voile en vue. Avais espéré appeler à l'aide par signaux dans la Manche ou accoster quelque part. N'ayant pas assez d'hommes pour les voiles, suis obligé de fuir devant le vent. N'ose pas baisser les voiles, car ne pourrais plus les hisser à nouveau.

Premier maître plus démoralisé que l'équipage. Les hommes ont dépassé la peur, travaillent avec flegme et patience, préparés au pire.

2 août, minuit. Tiré de quelques minutes de sommeil par des cris, qui semblent venus de bâbord. Me suis précipité sur le pont, n'ai rien vu dans le brouillard, ai heurté le premier maître. Il m'a dit qu'il avait entendu crier, qu'il avait couru, mais pas trace de l'homme de quart. Une disparition de plus. Nous sommes peut-être dans le Pas-de-Calais, ou même en mer du Nord. Seul Dieu pourrait nous guider dans ce brouillard, qui semble se déplacer avec nous, et l'on dirait que Dieu nous a abandonnés.

3 août. A minuit, suis monté relever l'homme de barre mais n'ai trouvé personne. N'osant pas quitter la barre, ai appelé le premier maître en criant.

Il est accouru au bout de quelques secondes. Crains fort qu'il ait perdu la raison. S'est approché de moi et a murmuré d'une voix rauque : « La *chose* est ici ! Pendant le quart, hier soir, je l'ai vue, c'est comme un homme, grand, mince, pâle comme un fantôme. Je l'ai suivie, je lui ai donné un coup de couteau, la lame est passée au travers. »

« Mais elle est là, et je la trouverai. Dans la cale, peut-être, dans une de ces caisses. Je les ouvrirai l'une après l'autre. Pendant ce temps, tenez la barre. » Avec un regard entendu, un doigt sur les lèvres, il est redescendu.

Un vent fort se levait, je ne pouvais quitter la barre. J'ai vu le premier maître remonter avec une caisse à outils et une lanterne, disparaître à nouveau par le panneau avant. Il est complètement fou, inutile d'essayer de l'arrêter. De toute façon, il ne peut causer de dégâts en ouvrant ces caisses, elles contiennent de la terre glaise, il peut les remuer autant qu'il veut. Je reste ici m'occuper de la barre, tenir le livre de bord. Je ne puis que m'en remettre à Dieu et attendre que le brouillard se lève...

C'est presque fini, à présent. Juste comme je commençais à espérer que le premier maître s'était calmé, un cri s'est élevé par le panneau et le maître est remonté sur le pont comme un boulet de canon.

« Sauvez-moi, sauvez-moi ! » criait-il. Il a parcouru des yeux le manteau de brume ; sa frayeur s'est changée en désespoir et d'une voix plus ferme, il a dit : « Descendez vous aussi, capitaine, avant qu'il soit trop tard. *Il* est là, mais la mer me sauvera de Lui ! » Avant que j'aie pu prononcer un mot, il a couru au bastingage et s'est jeté par-dessus bord.

Je suppose que j'ai la clef du mystère, à présent. C'est ce fou qui a jeté les matelots à la mer l'un après l'autre, et qui les a maintenant rejoints. Dieu me vienne en aide !

4 août. Toujours du brouillard, que le soleil ne parvient pas à percer. Je n'ose descendre, je n'ose quitter la barre. J'y ai passé toute la nuit, et c'est dans l'obscurité que je l'ai vue, la chose, Lui ! Dieu me pardonne, mais le maître a eu raison de sauter par-dessus bord. Mieux vaut mourir en homme, en marin. Mais moi, je suis capitaine, je ne peux abandonner mon navire. Je m'attacherai à la barre quand mes forces commenceront à décroître, et je mettrai dans mes mains ce qu'Il, ce que la chose n'ose pas toucher. Si nous coulons, on trouvera peut-être cette bouteille, et ceux qui la trouveront comprendront peut-être...

9

Le lendemain de la dernière crise de somnambulisme de Lucy, Mina prit un fiacre – il y avait des trains mais sa riche amie tenait à se montrer généreuse – pour se rendre à Londres. Dans la fumée, la clameur et l'excitation de la ville, Mina s'efforçait de distraire son esprit de ses inquiétudes à propos de Jonathan, et à présent de Lucy. Elle saisit aussi l'occasion de faire quelques emplettes.

A Piccadilly et dans le Strand, les petits marchands de journaux criaient les nouvelles : « Un orage d'une extrême violence frappe l'Angleterre... Le loup échappé du zoo toujours introuvable. » Mais la jeune femme ne les entendait qu'à demi. Le brouillard était relativement léger pour Londres, mais même si le temps avait été parfaitement clair, Mina n'aurait guère prêté attention à ce que se passait autour d'elle.

C'est ainsi que, pendant plusieurs heures, elle ne soupçonna absolument pas qu'on la suivait.

Une nourriture abondante, pendant le voyage et après, lui avait rendu l'aspect extérieur de la jeunesse, comme il s'y attendait. Et aujourd'hui son désir était vif de paraître jeune. Car, après plus de quatre cents ans de séparation, il allait enfin, si le sort lui était favorable, se retrouver face à Elisabeth...

Le visiteur de Londres qui suivait Mina à son insu était vêtu à la dernière mode et coiffé d'un élégant haut-de-forme. Mais, à mesure que le jour avançait, il regrettait de ne pas avoir choisi un chapeau à bord plus large en plus de ses lunettes de soleil. Il avait besoin de se protéger de la lumière du jour, même de cette variété septentrionale et brumeuse.

Déambuler dans les rues inconnues d'une grande ville moderne était une expérience nouvelle pour lui, mais aujourd'hui il n'y accordait qu'une vague attention. Il brûlait en effet d'aborder cette jeune femme de jour, d'une manière irréprochablement courtoise, quoique peut-être peu convenable d'après les usages locaux.

Un millier d'espoirs fous lui gonflaient le cœur. Des espoirs fondés sur le visage d'une femme entrevu uniquement sur une photographie, puis aperçu à nouveau, la nuit, et par un hasard miraculeux – mais y avait-il place pour le hasard dans leur destin?

Elle marchait, traversait le Strand... Avec l'aisance que confèrent des siècles d'expérience, le chasseur suivait sa proie parmi la foule. Enfin, ayant habilement manœuvré pour se placer sous son regard, il murmura d'une voix presque inaudible : « Mon amour... vois-moi, maintenant. »

Aussi tendue et préoccupée que fût Mina, absorbée par ses soucis et ses emplettes, le message lui fut silencieusement transmis. Ses yeux croisèrent ceux de l'homme qui, à cet instant précis, ôtait ses lunettes noires. Comme toute jeune fille bien élevée de son temps, elle détourna aussitôt la tête.

Mais quelque chose força Mina à jeter un nouveau coup d'œil à l'élégant jeune homme aux longs cheveux bruns tombant sur les épaules. Troublée plus profondément qu'elle n'aurait dû l'être par l'incident, elle détourna à nouveau les yeux – pour de bon, cette fois, pensa-t-elle – et entra dans une boutique d'apothicaire.

Dracula traversa impatiemment le trottoir pour regarder à travers la vitrine, évitant les piétons avec une habileté et une rapidité de mouvement que ne possédait aucun humain d'ordinaire. Pourtant aucun de ceux qui passaient à la hâte, plongés dans leurs pensées, ne remarqua ce détail, pas plus que l'absence de reflet du jeune homme dans la vitrine. Le verre renvoyait uniquement l'image, plutôt floue, du journal qu'il tenait à la main, avec ses gros titres sur l'orage et le loup échappé.

Dans la boutique, Mina était en train d'acheter une fiole de laudanum, un mélange d'opium et d'alcool en vente libre, juste ce qu'il fallait à Lucy, peut-être, pour vaincre son somnambulisme, sans parler de ses propres insomnies, tant elle était inquiète pour Jonathan.

Lorsqu'elle sortit de la boutique, l'homme qui l'avait suivie, qui l'avait fixée avec une telle avidité, l'aborda et sa présence soudaine la fit sursauter avec une telle violence qu'elle laissa tomber le remède.

D'un mouvement vif et gracieux, il rattrapa au vol la fragile petite bouteille, la lui tendit poliment.

— Mes plus humbles excuses, murmura-t-il dans un anglais où il ne restait plus qu'une pointe d'accent. J'arrive de l'étranger et je ne connais pas votre ville. Est-il permis à une jolie dame d'indiquer son chemin à une âme en peine ?

Intriguée par la vague impression de l'avoir déjà vu, Mina dévisageait l'homme qui se tenait devant elle. Mais le premier ordre qu'il lui avait donné – « Ne me vois pas » – avait eu assez de force pour être – presque – impossible à enfreindre.

Sa première réaction consciente face à l'inconnu effronté fut plutôt fraîche :

— Pour les âmes en peine, je suggère l'une de nos nombreuses églises. Et je crois que six *pence* suffisent pour acheter un guide. Au revoir.

Sur ce, elle commençait déjà à s'éloigner quand elle se rappela que l'homme tenait toujours le médicament dans sa main gantée. Elle se retourna, il lui tendit à nouveau le liquide brun.

— Du laudanum, je vois, dit-il, alors qu'il n'avait pas même jeté un coup d'œil à la fiole. De l'oubli en bouteille. Pour une amie malade, sans doute ?

– Cela ne vous regarde pas.

L'inconnu prit une expression à la fois navrée et confiante.

– Oh! je vous ai offensée. Mais je cherche seulement le cinématographe. Je me suis laissé dire que c'est la merveille la plus étonnante du monde civilisé.

– Si vous voulez de la culture, visitez un musée. Londres en est plein. Avec votre permission...

Mais avant d'avoir parcouru quelques dizaines de mètres, Mina pénétra dans une poche de brouillard plus épais et y retrouva l'homme. Comment avait-il pu se porter si rapidement au-devant d'elle dans cette foule?

Il toucha de nouveau le bord de son chapeau.

– Une femme aussi charmante ne devrait pas se promener seule dans les rues de Londres. Ce n'est pas prudent, je le crains.

Mina continua à marcher sans lui accorder un regard. Il lui offrit son bras, qu'elle déclina de manière ostentatoire. Nullement découragé, il lui emboîta le pas.

Furieuse, elle s'arrêta.

– Je ne permettrai pas... commença-t-elle.

Inexplicablement, sa colère faiblit quand elle croisa le regard de l'inconnu, et elle acheva avec gêne :

– ... à quelqu'un qui ne m'a pas été présenté de m'escorter dans la rue.

Mais était-ce un inconnu? Quelque chose en lui exerçait sur Mina un puissant attrait. Il lui sourit.

– Quelle impertinence! Je n'y suis pas habitué. Cela change agréablement. Dans mon pays, cette qualité pourrait vous coûter la vie.

– Alors, j'espère ne jamais m'y rendre.

Dracula s'esclaffa, ravi par l'esprit de la jeune femme.

– Enfin, monsieur, est-ce que je vous connais? reprit-elle. Êtes-vous une relation de mon mari? Dois-je appeler la police?

Le sourire de l'inconnu s'élargit sous l'avalanche de questions puis fit place à une expression sérieuse, voire accablée.

– Pardonnez mes manières grossières. Je ne suis qu'un

étranger dans un pays étrange... *Vous ne devez pas avoir peur de moi.*

Ces huit derniers mots furent prononcés avec une douceur insistante.

– *Sir...* je... peut-être est-ce moi qui ai été grossière.

– Permettez-moi de me présenter. Je crois être capable de m'acquitter convenablement de cet usage à votre satisfaction. Je suis le prince Vladislas de Szeklys.

– Un nom... peu courant.

– Et un titre sans valeur. Je suis sûr que votre capitale regorge de princes, de ducs, de comtes et de cheikhs. En fait, je suis votre humble serviteur.

Dracula ôta son chapeau, s'inclina.

– Wilhelmina Murray...

Abasourdie, Mina entama une révérence que la pression d'une main sur son coude, douce mais ferme, l'empêcha de terminer. Il secouait la tête.

– C'est moi qui suis honoré, madame.

– Madame... ?

– Vous avez parlé d'un mari.

– Vraiment... ?

Sa main – *la main d'Elisabeth* – était sur son bras tandis qu'ils marchaient dans le brouillard londonien. Des cloches sonnaient aux oreilles de Dracula. La vie exubérante de la ville, du monde, l'entourait. En ce moment de joie, tout semblait possible, même, peut-être, une ultime réconciliation avec la vie...

Lucy était malade. Et quel que fût le mal qui l'affectait, Jack Seward n'était pas capable de l'identifier. En tout cas, c'était grave, d'autant plus grave que la maladie avait frappé soudainement. Seward, arraché à ses passionnants malades par un mot d'Arthur Holmwood, n'avait guère que cette certitude en regardant la femme qu'il avait récemment demandée en mariage essayer une robe dans laquelle elle en épouserait bientôt un autre.

Quoique indéniablement souffrante, Lucy paraissait présentement heureuse, pleine d'excitation et même d'énergie. Elle tourna devant un grand miroir pour faire admirer sa robe.

— Jack, brillant docteur Jack, vous plaît-elle?

— Très élégant.

En fait, le visiteur avait à peine regardé le vêtement et juste remarqué qu'une couturière à l'expression soucieuse s'employait à le reprendre. Lucy avait beaucoup maigri en quelques jours. Sa peau était d'un blanc de craie, et ses lèvres et ses joues creuses avaient l'air barbouillées de rouge. Elle tourna à nouveau sur elle-même.

— Dites-moi, docteur Jack, est-ce Arthur qui vous a incité à me rendre visite? Ou vouliez-vous m'avoir seule dans mon lit avant que je ne sois mariée?

Seward s'éclaircit la voix.

— Lucy, Arthur est très inquiet à votre sujet. Il m'a demandé de passer vous voir, en tant que médecin. J'ai conscience de ce que cela peut avoir d'embarrassant pour nous deux, puisque nous avons eu naguère des rapports personnels. Mais cela ne doit pas... Si je m'occupe de vous, vous devez me faire entièrement confiance.

Lucy secoua la tête d'un air las. Se sentant soudain faible et prise de vertiges, elle renvoya la couturière d'un geste, se laissa tomber sur un lit de repos proche en tirant sur le ruban de velours noir qu'elle portait au cou.

— Qu'y a-t-il, Lucy?

— Aidez-moi, Jack, s'il vous plaît. J'ignore ce qui m'arrive. Je ne dors plus la nuit. Je fais des cauchemars... J'entends des choses que je ne devrais pas être capable d'entendre...

Cela éveilla la curiosité professionnelle de Seward.

— Quelles choses?

La malade s'efforça de sourire.

— C'est idiot...

— Dites-le-moi quand même.

— J'entends des domestiques murmurer, à l'autre bout de la maison. J'entends des souris tout là-haut dans le grenier, j'entends battre le cœur malade de ma pauvre mère, dans une autre pièce. Et je *vois* dans le noir, Jack, aussi bien qu'en plein jour.

— Lucy...

— Je meurs de faim, mais je ne supporte même pas la vue de la nourriture. Aidez-moi, je vous en prie...

Lucy se pencha et étreignit Seward qui, inquiet, s'était précipité auprès d'elle.

Une heure plus tard, Seward avait mis la patiente au lit dans sa chambre, rassuré sa mère souffrante par quelque histoire sur une légère indisposition. A présent, le médecin s'entretenait dans le grand salon avec Arthur Holmwood.

Le futur époux de Lucy était arrivé à Hillingham en compagnie de Quincey Morris, comme lui de fort bonne humeur et portait une tenue de chasse. Cette bonne humeur ne dura pas. Holmwood, en particulier, s'inquiéta naturellement de l'évolution de l'état de sa fiancée. Lorsqu'il ressortit de la chambre de celle-ci, après une brève visite, il était encore plus préoccupé.

— Jack, qu'en pensez-vous? A mes yeux, c'est alarmant.

Le médecin soupira.

— Il n'y a apparemment ni troubles fonctionnels, ni maladie que je puisse diagnostiquer. En même temps, son état ne me satisfait pas.

— Je l'imagine aisément.

— J'ai donc pris la liberté d'envoyer un télégramme à Abraham Van Helsing.

— Vous voulez dire votre ancien professeur, Jack, dont vous parlez si souvent? Le philosophe hollandais.

— Oui. Il est aussi médecin, et il en sait plus que personne au monde sur les maladies peu connues.

— Alors, faites-le venir. Ne regardez pas à la dépense.

Le retour de Mina à Hillingham serait considérablement retardé. Contrairement à ce que le bon sens aurait dû lui conseiller — mais elle semblait en être temporairement privée, elle se rendait au cinématographe avec un homme qui l'avait simplement abordée dans la rue – il n'y avait pas d'autre mot pour décrire la nature de leur rencontre.

Le coucher de soleil sur Londres avait, comme souvent, une beauté brumeuse, avec ses lumières blafardes, ses ombres d'un noir d'encre, et les teintes magnifiques que prenaient les nuages et l'eau. Tandis que sombrait le disque rouge, la beauté qu'il avait dispensée disparaissait dans l'obscurité tardive du printemps. Et Mina, accrochée au bras de son nouveau compagnon, se laissait conduire, presque aveuglément, au cinématographe.

Des images en noir et blanc, rayées, tremblotantes, montraient un grand loup gris qui se jetait en bondissant contre les barreaux de sa cage. Manifestement, l'animal était encouragé ou tourmenté par quelqu'un se tenant hors du champ de la caméra. Parfois un bras, une main apparaissaient sur l'écran, surpris dans l'achèvement d'un geste violent. Le public peu nombreux comprenait aussi bien des gens aisés que des membres des classes populaires, comme dans la rue. Debout ou installé sur quelques rangées de chaises, les spectateurs regardaient, fascinés.

Dracula, qui se tenait dans l'allée avec Mina, observait attentivement l'écran quand, le temps d'un battement de cils, l'image du loup fut remplacée par l'irruption silencieuse d'une locomotive. Impressionné, le compagnon de Mina commenta :

– Stupéfiant. Il n'y a pas de limite à la science.

– Est-ce de la science ? Je crois que cela ne peut guère se comparer aux travaux de Mme Curie.

L'écran ne parvint plus à retenir l'attention de la jeune femme, de plus en plus nerveuse.

– Je n'aurais pas dû venir ici. Je dois partir...

– Pas encore.

– Mais je...

Le doigt de l'inconnu sur les lèvres de Mina lui ordonna de se taire. D'une main ferme, il la dirigea vers le fond de la salle, la fit passer entre d'épais rideaux, descendre un petit couloir malpropre pour parvenir à un endroit obscur situé juste derrière l'écran.

– Non, je ne peux pas... protestait Mina. (A son propre étonnement, elle semblait incapable d'élever la voix au-delà d'un murmure.) Je vous en prie, arrêtez – qui êtes-vous ?

Quand la jeune femme, abandonnant toute réserve, parut sur le point de crier, la main gantée de Dracula lui couvrit doucement la bouche. Sa voix l'hypnotisait presque.

– Avec moi, dit-il, vous êtes plus en sécurité que vous ne le serez jamais.

Les ombres des images projetées de l'autre côté se mouvaient, gigantesques, au-dessus d'eux – la reine Victoria, d'abord toute petite puis énorme dans son carrosse, dans le cortège silencieux célébrant le soixantième anniversaire du couronnement de Sa Majesté. Le public invisible prodigua à la souveraine des applaudissements respectueux.

Avec précaution, Dracula lâcha la jeune femme. Les yeux clos, elle remuait les lèvres en silence : il se rendit compte qu'elle priait.

– Vous êtes elle, murmura-t-il, l'amour de ma vie. Celle que j'ai perdue et retrouvée.

Au moment même où il prononçait ces mots, il sentit la soif de sang, la faim brutale monter en lui, les crocs pousser sur sa mâchoire... mais pas avec Elisabeth ! NON !

Stupéfait par cette rébellion spontanée de sa nature, il se détourna, fit un long effort de volonté. Lorsqu'il montra à nouveau son visage à sa bien-aimée, ses traits étaient redevenus humains.

Bien qu'elle n'eût pu voir la brève métamorphose – il en était certain – Mina tremblait de peur.

– Mon Dieu – *qui êtes-vous ?*

Lui aussi tremblait, d'émotion.

– Pour vous, je suis seulement bon.

Effrayée, ensorcelée, perdue, elle le fixait sans comprendre.

Soudain Mina regarda par-dessus l'épaule de l'homme incroyable, inexplicable qui la tenait, et plongea le regard dans les yeux bleus étincelants d'un vrai loup.

Il y avait derrière l'animal une porte en bois à demi

ouverte, et la jeune femme se dit confusément qu'il devait s'agir du fauve échappé du zoo, qu'il avait dû se faufiler dans la ville par les ruelles, et pénétrer dans le bâtiment du cinématographe par quelque fenêtre ou quelque porte laissée ouverte.

Sentant ce qui se passait derrière lui, le compagnon de Mina la lâcha, se retourna. Prise soudain de panique, privée du soutien que les mains et le regard de l'homme lui prodiguaient, elle fit un pas pour s'enfuir.

Le loup, plus par frayeur que par férocité, bondit à sa suite.

La voix de Dracula – une ou deux syllabes claquant comme un fouet dans une langue que Mina n'avait jamais entendue – arrêta l'animal dans son élan. Le loup s'aplatit, gémit presque, comme s'il ne comprenait pas mais était contraint d'obéir.

Pendant ce temps, les images géantes poursuivaient leur danse silencieuse et inversée sur l'écran, projetant leurs lumières et leurs ombres vacillantes sur la bête, l'homme, et la femme.

Parfaitement calme, Dracula s'accroupit, appela le loup avec douceur. Tête baissée, l'animal s'approcha docilement. Le comte prit la tête de Berserker dans ses gants blancs, lui caressa les oreilles, le dos. Puis il leva les yeux vers ceux de la jeune femme.

– Venez, Mina. Je vous dis que vous n'avez rien à craindre.

Elle résista tout d'abord, secouant la tête avec véhémence. Dracula se releva, lui prit la main, la tira vers le loup qui, dans un premier temps, rabattit les oreilles en arrière comme un grand chat puis se détendit.

Caressant le loup, ses doigts mêlés à ceux de l'homme dans la fourrure de l'animal, Mina se sentit enivrée, envoûtée, confiante.

Deux heures plus tard, un fiacre déposait une jeune femme bouleversée, transformée devant la grille de Hilling-

ham. Aucun mot n'avait été échangé pendant les cinq dernières minutes du trajet. Dès que son compagnon – son nouvel amant – l'eut aidée à descendre, Mina tourna le dos à
l'homme et à la voiture, courut littéralement vers la maison.

Lorsqu'elle fut presque à la porte, une impulsion irrésis-
tible l'arrêta et elle se retourna pour un dernier regard plein
de désir. Mais le fiacre et son passager avaient déjà disparu.

10

Les lumières de Hillingham étaient encore allumées au petit matin. Dans l'une des chambres du haut de la grande maison. Le Dr Seward veillait au chevet de Lucy. Il reprit le pouls de la malade, hocha la tête tristement et sortit de la pièce en silence pour se dégourdir un peu les jambes dans le couloir, chasser son envie de dormir et s'efforcer de réfléchir.

Un fiacre venait de s'arrêter devant l'entrée principale de Hillingham. L'homme qui en descendit était d'un âge avancé, personnage de bonne stature et empreint de dignité. Il portait une mallette de médecin – ayant, après une rapide traversée de la Manche, laissé ses autres bagages au *Berkeley Hotel* du centre de Londres.

Abraham Van Helsing paya et renvoya le cocher, considéra un moment le bâtiment en clignant des yeux, comme si les quelques fenêtres allumées à l'étage pouvaient lui fournir des informations sur ses occupants.

Après que le Dr Seward eut quitté sa chambre, Lucy demeura seule. Mais pour un moment seulement. Peu à peu, la jeune femme prit conscience d'une présence silencieuse et sombre sur la terrasse, devant les portes-fenêtres, et se réveilla en sursaut. Disparues la faiblesse et la fatigue extrêmes que le Dr Seward avait remarquées chez elle quelques minutes plus tôt. Lucy paraissait maintenant pleine d'énergie et même de joie.

Ses yeux brillaient. Adressant un sourire lascif à la créature qui n'était que vaguement visible derrière les carreaux, elle rejeta draps et couvertures d'un geste provocant.

Prévenu par un domestique à demi endormi de l'arrivée de Van Helsing, Seward descendit pour trouver son vieux maître dans l'entrée, où il se débarrassait de son chapeau, de ses gants et de son manteau. Soulagé, le jeune médecin courut presque vers lui, les bras tendus pour l'accueillir.

— Professeur, comme c'est aimable à vous d'être venu !

— J'accours auprès de l'ami dans le besoin quand il appelle !

Le visiteur examina soigneusement Seward en prolongeant la poignée de main. En un instant, l'expression de Van Helsing était devenue grave : il se rendait aisément compte qu'il valait mieux remettre à plus tard l'échange d'amabilité et de souvenirs. Sans préambule, il réclama :

— Jack, dites-moi tout sur votre malade.

Seward passa des doigts las dans sa chevelure, énuméra avec concision les symptômes observés sur Lucy et les examens auxquels il avait déjà procédé.

— Elle montre tous les signes de l'anémie, conclut-il. Son sang, à l'analyse, semble normal — et pourtant il ne l'est pas. Elle souffre apparemment d'une hémorragie continue — et je ne parviens pas à en déceler la source.

Van Helsing venait de formuler sa première question quand une plainte voluptueuse résonna au premier étage. Les deux hommes échangèrent un regard surpris, se précipitèrent vers l'escalier, Seward en tête, Van Helsing derrière lui, sa mallette à la main, peinant un peu pour suivre l'allure. Tandis qu'ils gravissaient les marches, les gémissements lascifs de Lucy se poursuivirent puis explosèrent soudain en une sorte de cri orgasmique.

Les deux médecins, Seward toujours devant son vieux maître, se ruèrent dans la chambre. Van Helsing s'arrêta net, s'écria :

— *Godverdomme !*

Les portes-fenêtres étaient ouvertes, un vent froid agitait les rideaux. Lucy, presque nue, était étendue sur le dos en travers du lit, bras et jambes écartés. Une petite flaque de sang séchait sur son oreiller, et sa poitrine se soulevait dans l'effort qu'elle faisait pour recouvrer son souffle.

Van Helsing s'approcha aussitôt, chercha sur le corps de la malade une blessure d'où le sang se serait écoulé. Il examina plus particulièrement le cou, dont le ruban noir avait été ôté, puis tira les draps pour en recouvrir la jeune femme. Il se tourna ensuite vers Seward, qui était allé fermer les portes-fenêtres de la terrasse.

— Il n'y a pas un instant à perdre, déclara le vieux médecin à son confrère. Il faut lui faire immédiatement une transfusion.

Il ouvrit sa mallette, qu'il avait déjà posée sur le lit. Seward, qui allumait l'une des bougies de la table de chevet, leva des yeux étonnés.

— Une transfusion? Vous avez perfectionné le procédé?

— Perfectionné? Personne ne l'a encore utilisé. J'expérimente seulement, en ayant recours à la méthode Landsteiner. Certes, le risque est énorme, mais nous n'avons pas le choix. Cette femme meurt ce soir si nous ne faisons rien.

Du bruit se fit entendre dans le couloir; deux bonnes portant des lampes passèrent un visage alarmé par la porte. Seward les renvoya avec ses instructions, et l'habituelle recommandation de ne pas réveiller la mère de Lucy. Pendant ce temps, Van Helsing tirait de sa mallette le matériel nécessaire à l'opération envisagée : un long tube de caoutchouc, si fin qu'il était presque transparent; deux grosses aiguilles et une petite pompe à main.

Le jeune médecin eut à nouveau l'air étonné.

— Vous êtes venu prêt à pratiquer une transfusion, professeur?

— *Ja.* D'après ce que vous disiez dans votre câble, j'en devine la nécessité. Maintenant, j'en suis sûr.

Des pas résonnèrent à nouveau dans le couloir, plus lourds et précipités cette fois. Arthur Holmwood, encore en manteau et coiffé de son chapeau, apparut sur le seuil. Il avait probablement, se dit Seward, passé la nuit au chevet de son père mourant, lord Godalming, et semblait très éprouvé. Il regarda la forme pâle et frêle allongée sur le lit, les draps et l'oreiller déjà tachés de sang.

— Qu'est-ce que vous lui faites, bon Dieu?

— Art, répondit Seward, voici le professeur Van Helsing, le spécialiste. Il essaie de la sauver, mon vieux.

Rapidement, le jeune médecin procéda à des présentations en règle. Van Helsing, absorbé par le combat qu'il s'apprêtait à livrer, se contenta de lever les yeux et de hocher la tête au lieu de serrer la main du nouveau venu.

— Ah! le fiancé, grogna-t-il. Vous tombez bien. Cette jeune femme est très malade. Il lui faut du sang. Otez votre manteau.

Holmwood n'hésita qu'un instant mais ce retard suffit à agacer le professeur, qui répéta :

— Otez votre manteau!

— Excusez-moi, *sir*, dit Holmwood en s'exécutant. Ma vie lui appartient. Je donnerai ma dernière goutte de sang pour la sauver.

Van Helsing découvrit ses dents en une sorte de sourire.

— Je ne vous en demande pas tant. Mais approchez! Vous êtes un homme, c'est un homme qu'il nous faut.

D'un geste, il indiqua la chaise, près du lit.

— Jack allait donner son sang, reprit-il. (Cela était nouveau pour Seward, qui releva la tête. Le jeune docteur n'avait pas encore réfléchi à la question du donneur.) Il est plus jeune et plus robuste que moi. Mais maintenant vous êtes là, et vous valez mieux que nous, qui travaillons dans le domaine de la pensée. Nous avons les nerfs moins calmes et le sang moins brillant que les vôtres!

Seward observa avec admiration que le professeur était comme galvanisé par ce défi venant au petit matin après une traversée de la Manche qui avait dû être fatigante. Achevant ses préparatifs, il saisit, une dans chaque main, les deux grosses aiguilles creuses reliées par le tuyau de caoutchouc et la pompe.

Son rire avait quelque chose de sadique.

Pendant ce temps. Seward avait ôté la veste d'un Holmwood abasourdi, retroussé la manche de sa chemise et l'avait
fait asseoir près du lit. Il noua un garrot autour du bras, fit
saillir une veine.

Avec des gestes vifs mais parfaitement contrôlés, Van
Helsing procéda à l'opération.

Quand il enfonça l'aiguille dans la chair de Lucy, elle eut
un frisson de douleur mais demeura inconsciente. Holmwood
grimaça en le voyant faire, grimaça à nouveau quand on
piqua son propre bras. Puis il se laissa aller en arrière, maintenant l'aiguille en place de sa main libre comme le professeur le lui avait demandé. Le regard angoissé d'Arthur quittait rarement le visage de Lucy.

A mesure que les minutes s'écoulaient, que le tube de
caoutchouc acheminait le liquide chaud – cependant que les
médecins échangeaient de temps à autre, dans leur jargon,
de brèves remarques sur la progression de la transfusion –,
quelque chose qui ressemblait à la vie commença à revenir
sur les joues de Lucy. L'amélioration fut d'abord hésitante,
fragile, puis plus assurée, et lorsqu'elle devint certaine, Van
Helsing se détendit un peu.

Laissant Seward surveiller l'opération, le vieil homme
fouilla à nouveau dans sa mallette, en sortit cette fois quelque chose à quoi le jeune médecin s'attendait encore moins :
une grosse poignée de fleurs blanches.

A l'étonnement de Seward et de Holmwood, il les disposa
dans un vase, sur la table de chevet, après avoir jeté les
fleurs qui s'y trouvaient. Il prit ensuite dans sa mallette
d'autres fleurs blanches, tressées en collier, qu'il passa au
cou de la malade. Sans fournir d'explication.

Seward se déroba au regard interrogateur de Holmwood,
respira l'odeur des fleurs blanches et s'efforça de masquer sa
perplexité.

De l'ail?

S'il n'avait connu le professeur aussi bien, et depuis si
longtemps, le jeune Dr Seward aurait probablement douté

de sa santé mentale. Apparemment satisfait à présent de la décoration florale de la pièce, Van Helsing regarda sa montre et la remit dans son gousset, examina l'état de la malade et du donneur, puis consulta à nouveau sa montre, dont le tic-tac résonna dans la chambre silencieuse.

Enfin, le professeur ôta les aiguilles des bras d'Arthur et de Lucy, leur fit un léger pansement. Quelques minutes plus tard, le futur lord, bien qu'un peu pâle, était debout et remettait sa veste, quand tout à coup le corps maigre de Lucy fut secoué par un cri rauque.

– C'est cela qui m'empêche de respirer! s'exclama-t-elle.

Avec une vigueur qui ne semblait pas naturelle, elle se redressa, jeta le vase par terre. Pour une raison ou une autre, Van Helsing ne parut pas étonné outre mesure de cette réaction.

– Ces fleurs sont médicinales, dit-il calmement à la malade. Pour que vous dormez bien et faisez des rêves agréab...

Avec un rire moqueur, la jeune fille arracha son collier et lança :

– Ce sont de vulgaires fleurs d'ail!

Sa bouffée d'énergie dissipée, elle retomba en arrière.

Après avoir accompagné Holmwood à la porte, les deux docteurs retournèrent examiner Lucy, qui dormait maintenant. Au moins, pensa Seward, elle semblait aller un peu mieux depuis l'arrivée de Van Helsing. Le vieil homme prit soin de montrer à son jeune confrère deux petits points rouges sur le cou de la malade.

– Qu'en dites-vous? demanda-t-il à son ancien étudiant.

Seward haussa les épaules d'un air las.

– Mina – c'est Miss Murray, l'amie de Lucy – m'a expliqué que c'est le résultat d'un malheureux incident : Lucy s'est piquée avec une épingle pendant une crise de somnambulisme. C'est vrai, elles mettent du temps à cicatriser.

Au regard dont le professeur le gratifia, Seward comprit qu'il avait fait une mauvaise réponse.

Les deux hommes rejoignirent Holmwood dans le couloir. Une des femmes de chambre de Lucy, inquiète pour sa maîtresse, était allée s'asseoir un moment à son chevet. Holmwood était naturellement un peu pâle et étourdi d'avoir donné son sang, et Van Helsing lui conseilla distraitement de manger abondamment et de prendre beaucoup de repos. Puis, parvenu au milieu du couloir, le vieux professeur marmonna, plus pour lui-même que pour ses compagnons :

– Nous avons remporté la première manche – mais je crains encore pour elle.

Et, par-dessus son épaule, il lança un regard préoccupé en direction de la chambre de Lucy.

Le fiancé de Lucy emboîta le pas aux deux médecins.

– Mon sang... ne l'a pas guérie ? demanda-t-il.

Parvenu en haut de l'escalier, Van Helsing, sans même se retourner, partit d'un rire amer. Des yeux, Holmwood demanda à Seward une explication mais le regard qu'il reçut en réponse exprimait une incompréhension aussi profonde que la sienne.

Les trois hommes quittèrent la maison pour le jardin où, quatre mois plus tôt, Jonathan Harker avait attendu sa chère Mina. Ce soir de septembre était d'une douceur agréable qui invitait à prendre l'air et à contempler les étoiles. Un bec de gaz allumé sur la terrasse attirait les papillons de nuit, éclairant d'une lumière chaude les haies et les murs de pierre, les fleurs de cette fin d'été et une petite fontaine murmurante.

Holmwood, qui, avant de sortir, avait fait un détour par le buffet de la salle à manger, tenait à la main un grand verre de cognac et se réconfortait de temps à autre par une rasade. Van Helsing finit d'allumer un cigare, jeta l'allumette, se tourna pour interroger son jeune confrère.

– Alors, pouvez-vous me dire maintenant pourquoi cette jeune femme était exsangue ?

Seward ne trouvait pas de réponse.

– Faites appel à votre logique, insista le professeur. Réfléchissez, mon vieux !

Seward leva les yeux vers la volée de marches conduisant

à la terrasse, juste sous la chambre de Lucy, où une lumière brillait encore faiblement.

– Il y a ces marques sur son cou, hasarda-t-il. Peut-être ont-elles été causées par autre chose qu'une épingle, comme Mina le pensait. Peut-être a-t-elle perdu son sang par là...

Van Helsing poussait de petits grognements, comme pour exprimer une approbation mitigée. Son ancien disciple était sur la bonne voie mais n'avançait pas assez vite.

– Vous étiez un étudiant attentif, Jack. Maintenant, vous êtes passé maître – du moins, vous auriez dû. Qu'est devenu ce sang, Jack? Allons.

Le jeune homme secoua la tête devant sa propre stupidité.

– Comme je suis bête! dit-il. Il n'a pas coulé par ces piqûres ni par quelque autre blessure externe. Les draps en auraient été couverts.

– Oui? Alors?

– A moins que...

Seward hésitait à poursuivre. Une explication horrible plana dans l'air devant lui comme un engoulevent mais disparut avant que son esprit ne pût la saisir. Le professeur s'était approché de lui, tel un tentateur de théâtre, et murmurait presque à son oreille.

– A moins que? A moins que?

Seward tendit les bras comme pour se frayer un chemin à tâtons vers la vérité, une vérité encore hors de portée. Van Helsing revint à la charge.

– Imaginez, Jack, que vous avez un cerveau. Ouvrez-le. Montrez-moi ce que vous pensez!

De frustration et de colère, Seward finit par se tourner vers le vieux médecin avec un geste nerveux.

– Tout ce qui me vient à l'esprit, c'est que quelque chose l'a vidée de sa vie! Quelque chose qui serait monté là-haut, aurait sucé son sang et serait reparti?

– *Ja*. Pourquoi non?

– Cela suffit comme ça, intervint Holmwood d'un ton ferme.

Il eut un hoquet. Il avait vidé son cognac jusqu'à la der-

nièr goutte et, affaibli par la transfusion, était à présent quasiment soûl. Il s'assit en tremblant sur le banc de pierre,
laissa tomber le verre sur le sol. Sans lui prêter la moindre
attention, Van Helsing continuait à aiguillonner son ancien
élève.

– Écoutez-moi Jack. Vous êtes un homme de science. Ne
pensez-vous pas qu'il existe dans l'univers des choses que
vous ne pouvez pas comprendre – et qui n'en sont pas moins
réelles ?

D'un geste, il désigna la nuit étoilée.

– Vous savez que je n'y crois pas, répliqua Seward.

Le vieux maître poursuivit, impitoyable :

– Vraiment ? Le mesmérisme ? L'hypnose ? Les champs
électromagnétiques ?

Le jeune docteur concéda ce point :

– Vous et Charcot avez prouvé l'hypnose.

– Les corps astraux ? La matérialisation ?

– Je ne sais pas...

– Aha ! Précisément... Maintenant que vous avez reconnu
qu'il y a beaucoup de choses que vous ignorez, laissez-moi
vous dire...

Van Helsing marqua une pause pour s'assurer qu'il avait
toute l'attention des deux hommes.

– Écoutez-moi, reprit-il. Il y a bien une chose qui la vide
de son sang, comme vous l'avez suggéré. Et la chère Lucy
– Dieu nous vienne en aide – aspire le sang mort de cette
chose, ce qui fait qu'elle se transforme, qu'elle devient ce
qu'est cette chose... un monstre... une bête.

Les deux hommes qui l'écoutaient étaient muets d'horreur
– pire, d'incompréhension.

Après être rentrée de son étrange rencontre avec le prince,
Mina s'était retirée dans sa chambre et avait rapidement
sombré dans un profond sommeil. Le lendemain matin, elle
trouva Lucy dormant paisiblement dans la chambre voisine.
Elle chercha avec angoisse des signes d'amélioration de l'état
de son amie, dut constater qu'elle ne semblait guère aller
mieux que la veille.

La veille... comme cela lui paraissait loin!

Bien qu'encore vierge, c'était elle, Mina, qui avait un amant. Quelle chose étrange, incompréhensible!

Et elle savait avec une certitude effroyable, merveilleuse, qu'elle reverrait son prince, dès que possible.

11

Ce jour-là, Mina, cherchant l'anonymat, avait pris le train pour se rendre en ville. Elle allait retrouver son prince au *Rule's Café*, établissement en vogue du West End où, quelques années auparavant, on pouvait observer le célèbre poète Oscar Wilde charmant les dames et cultivant l'amitié de beaux jeunes gens.

Bien que les lords et les princes fussent monnaie courante au *Rule's*, les manières impérieuses du compagnon de Mina – assorties d'une donation sonnante et trébuchante au montant judicieusement calculé – leur firent promptement obtenir un cabinet particulier.

Il y avait du vin et des plats sur la table. Quelque part, un violon jouait une musique tour à tour légère et triste qui, pour Mina, évoquait les Tsiganes. Par les parois de verre dépoli de la petite pièce, on distinguait les silhouettes de couples en train de danser.

– La terre de mes ancêtres est tout aussi riche que votre Angleterre en culture, en folklore et en contes, disait le prince.

– Oui... répondit Mina, l'imagination traversée par une scène d'une force inaccoutumée. Je suis toute disposée à le croire.

Les yeux de son compagnon, d'un bleu étonnant, étincelèrent quand il sourit.

– Selon moi, mon pays est le plus bel endroit de toute la création.

– La Transylvanie, dit Mina d'une voix rêveuse, absente.

Elle buvait à petites gorgées un verre d'absinthe d'un vert laiteux, la drogue à la mode pour les gens chics de Londres, commandée sur une impulsion inexplicable, en harmonie en tout cas avec le reste de sa folle conduite cet après-midi – ou bien était-ce lui qui avait suggéré l'absinthe ? Elle était incapable de se le rappeler, mais, dans ses moments les plus lucides, elle devinait que cette boisson devait être au moins en partie responsable de son état.

La Transylvanie... Elle se souvenait confusément de la voix de Jonathan prononçant ce même nom quelques mois plus tôt... *un aristocrate du fin fond de la Transylvanie...* Oui, c'est cela. L'endroit où Jonathan s'était rendu pour ses affaires. Sa dernière lettre, écrite il y avait si longtemps, provenait d'un château de Transylvanie, le château de Dracula...

Mais l'image de son fiancé ne tarda pas à disparaître.

– Je connais le sens de ce nom, dit-elle, une terre au-delà d'une grande, vaste forêt. Entourée de montagnes majestueuses. Avec de riches vignobles. Et des fleurs. Je peux presque les voir, respirer leur parfum. Des fleurs d'une telle fragilité et d'une telle beauté qu'on n'en trouve nulle part ailleurs sur la terre verdoyante de Dieu.

Le prince se pencha en avant. Comme il est jeune, pensa-t-elle en regardant la lueur de la bougie sur son visage lisse. Comme il est beau. Tout à fait différent des autres hommes et supérieur à n'importe lequel d'entre eux.

– Vous décrivez mon pays comme si vous l'aviez vu de vos propres yeux, dit-il.

Ces yeux, Mina les laissa se fermer – juste un instant. C'était si reposant. De l'obscurité née derrière ses paupières, elle répondit :

– C'est votre voix, peut-être. Si... *familière*... comme une voix qu'on ne parvient pas à reconnaître, dans un rêve. Elle me réconforte... quand je suis seule.

En l'an de grâce 1462, le prince Dracula (Gary Oldman) revient de guerre, après avoir défendu sa foi chrétienne contre les Ottomans.

Dracula retrouve dans la chapelle le corps sans vie de sa belle et jeune épouse.

Quatre cents ans plus tard, Jonathan Harker (Keanu Reeves) est invité en Transylvanie, dans le château de Dracula.

Les trois femmes vampires mettent tout en œuvre pour transformer Jonathan Harker en résident permanent du château.

Jonathan essaie de s'enfuir de cette geôle terrifiante.

Le docteur Jack Seward (Richard E. Grant) et le professeur Van Helsing (Anthony Hopkins) examinent Lucy (Sadie Frost), qui commence à subir d'effrayantes transformations.

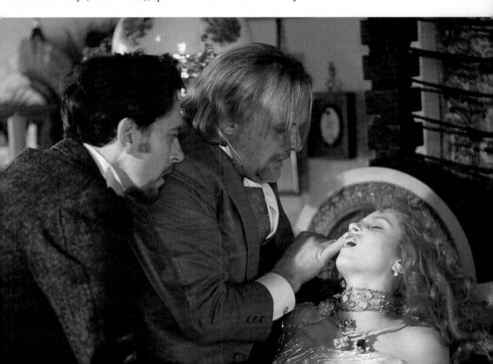

Winona Ryder dans le rôle de Mina.

Van Helsing brandit sa croix pour repousser Lucy, devenue vampire assoiffée de sang.

Dracula entreprend de courtiser l'innocente Mina.

Anthony Hopkins dans le rôle du professeur Van Helsing.

L'incendie de l'abbaye de Carfax.

Le comte Dracula dans son personnage de prince des ténèbres.

Entre Quincey Morris (Bill Campbell) et Dracula, un combat qui n'aura qu'une issue : la mort.

Mina veille le corps sanglant de Dracula.

Francis Ford Coppola, le réalisateur du film, explique une scène à son actrice, Winona Ryder.

Elle rouvrit les yeux, croisa le regard de son compagnon et eut vaguement conscience que ce contact visuel se prolongeait trop. Soudain, il se retrouva – comment? elle n'aurait su le dire – assis à côté d'elle, sa main droite sur son cou, les doigts caressants mais fermes. Une étreinte possessive, comme si c'était la chose la plus naturelle au monde.

Un rire jaillit tout à coup des lèvres de Mina. Quelque chose la fit se lever, rompre le contact, comme si elle savait que c'était sa dernière chance de le faire. De nulle part, une question lui monta aux lèvres :

– Et la princesse?

Les yeux bleus clignèrent.

– La princesse?

Mina tendit la tête pour regarder la grande salle du restaurant.

– Il y a toujours une princesse, me semble-t-il. Avec de longs cheveux couleur de... de... et des yeux fascinants de chatte lascive. Des robes longues, de style – très ancien. Un visage de...

Mina était en proie à une sorte d'hallucination. Ce n'était plus une simple scène surgie de son imagination. Elle savait qu'elle était à Londres, au *Rule's*, et cependant... une autre réalité était aussi présente.

– ... une rivière, dit-elle d'une voix claire. La princesse est dans une rivière – non, elle *est* une rivière, gonflée des larmes d'un cœur brisé...

Puis le charme s'évanouit. Ou, tout au moins, il perdit assez de sa force pour que Mina se rende compte de l'effet puissant que ses mots avaient sur le prince. Portant ses mains à son visage, elle bredouilla :

– Je dois avoir l'air idiot. C'est l'absinthe... Je n'aurais pas dû en boire. Vous me trouvez ridicule, n'est-ce pas?

– Absolument pas, Elisabeth. Il y avait bien une princesse.

– Parlez-moi d'elle.

– Je le ferai.

Il était debout à présent, la main tendue pour l'inviter à

danser. Le violon jouait quelque part; l'absinthe chantait dans la tête de Mina lorsqu'elle se leva pour être emportée dans le tourbillon d'une valse exquise, au milieu, semblait-il, d'un millier de bougies...

Cette exaltation rêveuse dura jusqu'au lendemain matin. Assise seule sur son banc favori du jardin de Hillingham, Mina, comptant les minutes qui s'écouleraient avant qu'elle ne revoie son prince, leva la tête et vit s'approcher un Hobbs plein d'empressement. Le maître d'hôtel tenait à la main un plateau d'argent contenant ce qui ne pouvait être qu'une lettre. Tous les domestiques savaient que la jeune invitée attendait désespérément un certain message.

Mina en examina l'enveloppe : ce n'était pas du tout l'écriture de Jonathan mais, venant de Budapest, la lettre devait donner de ses nouvelles. Avec des doigts tremblants, elle l'ouvrit. C'était signé d'une certaine sœur Agatha, de l'hôpital Saint-Joseph – Sainte-Marie.

Chère madame,
Je vous écris pour répondre au désir de Mr. Jonathan Harker qui n'est pas en condition de le faire lui-même, bien que son état s'améliore, grâce à Dieu, saint Joseph et sainte Marie. Cela fait près de six semaines que nous le soignons pour une forte fièvre cérébrale. Il me prie de vous exprimer son amour...

Jonathan était vivant. Vivant! Ignorant les félicitations marmonnées par le maître d'hôtel, Mina se leva d'un bond et se mit à courir dans le jardin, transportée de joie, impatiente de partager son bonheur. Mais à peine eut-elle parcouru quelques mètres qu'elle ralentit tout à coup.

Comment avait-elle pu oublier, fût-ce un instant, celui qui, ces derniers jours, était devenu le centre de sa vie?

– Mon doux prince, murmura-t-elle. Jonathan ne devra jamais savoir, pour nous deux.

Elle se remit à marcher vers la maison, quoique d'un

pas moins rapide. Aucun doute, elle devait se rendre sans attendre au chevet de Jonathan.

Gravissant les marches en direction de la chambre de Lucy, elle trouva le Dr Seward sur la terrasse, en grande conversation avec un homme plus âgé, d'allure respectable, qu'elle n'avait jamais rencontré. Ce dernier se tourna vers la jeune fille, posa sur elle des yeux bleus pénétrants et, s'inclinant avec une raideur quasi militaire, se présenta succinctement :

– Abraham Van Helsing.

Mina songeait déjà que ce ne pouvait être que le nouveau médecin de Lucy, dont elle avait souvent entendu Jack Seward parler.

– Et vous êtes Miss Mina Murray, poursuivit le professeur, l'amie chère au cœur de notre Lucy.

– Comment est-elle, docteur ?

– Encore très faible. Elle a parlé à nous de votre bienaimé Jonathan Harker et de votre inquiétude à son sujet. Mais peut-être avez-vous reçu aujourd'hui de bonnes nouvelles ?

– Oui, très bonnes... une lettre.

– Excellent. Moi aussi, je m'inquiète pour tous les jeunes amoureux, voyez-vous.

A la stupéfaction de la jeune fille, le bon docteur se mit à chanter. Avant que Mina ne comprenne exactement ce qui lui arrivait, le bras du vieil homme – celui d'un cavalier distingué – la prit par la taille, et ils se mirent à valser tous deux autour de la terrasse sous le regard médusé de Jack Seward.

La danse prit brusquement fin. Avec une lueur hypnotique dans le regard, Van Helsing fixa les yeux de Mina et dit d'une voix douce :

– Il y a dans l'existence des lumières et des ténèbres. Vous êtes l'une de ces lumières, chère Mina. Allez voir votre amie, maintenant.

Un moment plus tard, assise près du lit dans la chambre de Lucy, Mina pressait une pauvre main décharnée. Il y avait de bonnes nouvelles à rapporter, des nouvelles qui, à ses yeux du moins, semblaient assez importantes pour justifier qu'on éveillât la malade.

Quelque part, une porte échappant à la main négligente d'un serviteur se referma en claquant. Dehors, dans la grande allée, les sabots d'un cheval raclèrent le gravier. Lucy remua ; ses yeux s'ouvrirent lentement, accommodèrent avec quelque difficulté. D'une voix faible, hésitante, elle murmura :

— Mina, ma chérie... Où étais-tu ?

— Tu es glacée, Luce.

Distraite de ses bonnes nouvelles par l'état pitoyable de son amie. Mina frotta doucement la main froide comme pour encourager la vie à y revenir. Lucy se redressa un peu dans le lit, parvint à retrouver un peu de sa coquetterie passée.

— Et toi tu es si chaude. Sais-tu, ma chère, que Jack Seward a joué au docteur avec moi ?

— Je le sais.

— Tu l'as rencontré ? Je lui ai tout dit sur toi.

— Oui, j'ai fait la connaissance du Dr Seward, Lucy. A la soirée, il y a des mois de cela, tu te rappelles ? (Mina se pencha pour rapprocher un plateau de nourriture auquel on n'avait pas touché.) C'est un médecin pour malades mentaux, et tu n'es pas folle. Ce qu'il te faut, ce sont des soins appropriés. Maintenant, mange ton porridge, Boucles d'or.

Lucy détourna faiblement la tête, repoussa la cuillère qu'on lui tendait comme si son contenu la répugnait.

— Je suis trop grosse, murmura-t-elle. Arthur déteste que je sois grosse.

Mina frissonna à ces mots devant la forme quasi squelettique étendue devant elle. Avec douceur mais fermeté, comme avec un bébé, elle glissa une cuillerée de bouillie d'avoine dans la bouche de Lucy. Celle-ci fit la grimace mais avala puis posa un regard interrogateur sur sa « nourrice ».

— Qu'y a-t-il, Mina ? Tu as l'air heureux, pour changer. L'amie de Lucy rougit légèrement.

— Tu as des nouvelles de Jonathan, c'est ça ?

Mina hocha la tête. A présent, les mots se bousculaient pour sortir de sa bouche.

– Pas exactement de lui, mais il est en sûreté, oui. Il a passé six semaines – davantage, maintenant – dans un hôpital de Budapest. Je viens de recevoir une lettre d'une des sœurs qui le soignent. Elle dit qu'il a grand besoin de moi, que je dois aller le rejoindre immédiatement – mais je ne veux pas te quitter comme ça...

Au prix d'un gros effort, Lucy se redressa un peu plus dans le lit pour serrer son amie dans ses bras faibles et lui murmurer à l'oreille :

– Va le retrouver. Aime-le et épouse-le, là-bas, sans attendre. Ne gaspillez pas d'autres précieux moments l'un sans l'autre.

Épuisée, Lucy retomba sur ses oreillers. Les deux jeunes filles se regardèrent un moment en silence, se comprenant sans avoir besoin de parler. Puis Lucy ôta sa bague de fiançailles, dont l'or glissa facilement le long du doigt amaigri. Elle la tendit à son amie.

– Prends... Ce sera mon cadeau de mariage, pour toi – et pour Jonathan. Prends-la...

Émue, incapable de prononcer un mot, Mina secouait la tête.

– Ça te portera malchance si tu refuses, murmura Lucy, dont les forces déclinaient. Transmets à Jonathan... des océans d'affection... des millions de baisers...

Le soir du départ de Mina, Dracula, assis seul dans le cabinet particulier du *Rule's Café*, tendait une oreille ultrasensible au bruit de la porte d'entrée chaque fois qu'elle s'ouvrait. Un serveur lui apporta un mot.

Quand le jeune homme élégant prit la feuille de papier, une ombre traversa son visage. Pas un instant il ne s'était attendu à ce que la femme qu'il aimait (et qui l'aimait aussi, il le savait, malgré ses protestations au sujet d'un fiancé) ne se fasse prier pour le revoir. Mais peut-être des obligations auxquelles elle ne pouvait vraiment pas échapper...

Après avoir donné au serveur un maigre pourboire, Dracula déchira l'enveloppe, y découvrit ce à quoi il s'attendait : la lettre était bien de Mina. Ce fut son contenu qui le stupéfia.

Mon très cher prince, pardonnez-moi, je ne pourrai vous retrouver ni aujourd'hui ni aucun autre jour. J'ai reçu de Budapest des nouvelles de mon fiancé. Je pars le rejoindre et nous nous marierons. Votre amour à jamais,

Mina

D'un geste convulsif, la main du prince froissa le mot. Toute pensée d'amour, de tendresse avait disparu, volatilisée instantanément dans une collision avec un mur rouge de rage et de frustration. Il s'entendit respirer avec des plaintes d'animal blessé.

La lettre ne lui avait été remise que bien après minuit, heure à laquelle Mina parvenait déjà au terme de la première journée de son voyage vers Budapest. Elle suivait la route qu'avait prise quelques mois plus tôt son bien-aimé Jonathan : Londres, Douvres, Paris, et la direction de l'est. Une fois de plus, la jeune femme déplia et relut la lettre de Budapest, concentra son attention sur ses dernières phrases.

P.S. Mon malade s'étant endormi, je rouvre la lettre pour y ajouter ces quelques mots. Il m'a parlé de vous, m'a dit que vous deviendrez bientôt sa femme. Tous mes vœux de bonheur ! Selon notre docteur, il a subi quelque choc effroyable, et dans son délire, il parle de loups, de poison et de sang, de spectres, de démons et d'horreurs que je crains d'évoquer. Vous devrez veiller à ce qu'il n'y ait jamais autour de lui quoi que ce soit qui puisse lui rappeler ces choses : les séquelles d'un mal comme le sien ne disparaissent pas facilement. Nous aurions dû vous écrire plus tôt mais ne savions rien de lui. Il est arrivé en train depuis Klausenbourg où – d'après ce que le chef de gare a raconté au garde – il s'était précipité dans la gare en demandant à grands cris un billet pour rentrer chez lui. Devinant, à sa conduite violente, qu'il était anglais, ils lui donnèrent un billet pour la gare la plus éloignée en direction de ce pays.

Soyez assurée que votre Jonathan est bien soigné. Il se rétablit, et je ne doute pas que, dans quelques semaines, il sera redevenu lui-même. Mais je vous le répète, veillez sur lui. Je prie Dieu, saint Joseph et sainte Marie, de vous accorder de nombreuses années de bonheur à tous deux.

Pendant que Mina Murray roulait vers l'est, à Hillingham, la lutte se poursuivait jour après jour, nuit après nuit. Il y avait des moments dans l'après-midi, où Lucy paraissait sur la voie de la guérison, des heures de la matinée où elle semblait sur le point de mourir. Un jour, Mrs. Westenra, entrant dans la chambre de sa fille d'une démarche chancelante en l'absence des médecins, fut assaillie par l'odeur de l'ail et ordonna que le bouquet de petites fleurs blanches cueilli quotidiennement par Van Helsing soit jeté – décision qui suscita la consternation du professeur quand il la découvrit.

Trois jours après la première transfusion, une seconde fut jugée nécessaire, et ce fut cette fois le Dr Seward qui fit don de son sang. Assis sur la chaise au chevet de la jeune fille, il songeait que nul homme ne peut savoir, avant d'en faire l'expérience, ce que c'est que de sentir son propre sang couler dans les veines de la femme qu'il aime.

Trois jours plus tard, une nouvelle aggravation de l'état de la malade exigea une troisième transfusion, cette fois avec le sang de Van Helsing. Près d'une semaine après, le dimanche 18 septembre, alors qu'Arthur Holmwood veillait son père sur son lit de mort, on répéta l'opération une fois de plus, et Quincey Morris fut le quatrième homme à donner son sang pour Lucy.

Le lendemain soir, le Texan, un tantinet pâle mais assurant qu'il avait recouvré ses forces, tenait une carabine Winchester au creux du bras en descendant l'escalier de Hillingham en compagnie du Dr Seward.

– Jack, disait Quincey à son compagnon de chasse, vous savez que j'aime cette fille autant que vous.

– Je n'en doute pas, mon vieux.

– Ce professeur sait vraiment ce qu'il fait? Combien de litres de sang avons-nous donné à Lucy, et où ce sang est-il allé?

Le médecin secoua la tête avec lassitude.

– J'ai appris il y a fort longtemps que je ne suis pas assez savant pour mettre en cause les méthodes de Van Helsing... Franchement, Quincey, je ne sais à quel saint me vouer.

Le Texan se massa le bras, encore endolori par l'aiguille du professeur.

– Il serait capable de faire peur à un sorcier de Bornéo, si vous voulez mon avis. Vous savez à quoi tout ça me fait penser? J'avais une magnifique jument, autrefois, quand j'étais dans la pampa, et une nuit, elle s'est fait mordre par une de ces grosses chauves-souris qu'on appelle des vampires. Entre ce que cette sale bestiole avait aspiré et la veine restée ouverte, la jument n'avait plus assez de sang en elle pour tenir debout, et j'ai dû l'abattre. Une bête superbe.

Van Helsing, qui enfilait son manteau pour sortir, rejoignit les deux hommes en bas dans le hall. S'il avait entendu les commentaires de l'Américain, il n'en laissa rien paraître.

– Jack, pressez-vous, que diable, dit le vieux médecin, j'ai des tas de choses à vous dire – et des tas d'autres choses importantes que je dois moi-même apprendre cette nuit. (Ses yeux allèrent d'un homme à l'autre.) Gardez-la bien, Mr. Morris!

– J'y manquerai pas, grommela Quincey, dont le ton et les manières laissaient entendre qu'il n'avait guère de sympathie pour le vieillard.

Ignorant ce que le Texan pensait de lui, Van Helsing éclata de rire. Malgré les revers essuyés, le professeur demeurait exalté par la joie de la lutte et de la découverte.

– Si nous échouons, votre chère Lucy devient la catin du diable. Fiez-vous davantage à l'ail et au crucifix qu'à votre carabine, je vous le conseille.

Prêt à assommer le Hollandais, Quincey fit un pas en avant.

120

– Espèce de vieux fou...

Van Helsing redevint sérieux.

– Je suppose que vous êtes sans d'esprit, tous les deux. Alors, écoutez-moi! La vérité, comme j'ai essayé plusieurs fois de vous le faire comprendre, c'est que Lucy invite la bête dans sa chambre à coucher! Elle aspire son sang mort, qui doit la transformer, en faire une bête elle aussi!

Surpris par la véhémence avec laquelle le professeur avait assené sa monstrueuse affirmation, Morris se tourna vers Seward pour lui demander conseil mais celui-ci ne lui fut d'aucun secours.

Van Helsing partit à nouveau d'un rire quelque peu hystérique, cependant que les deux hommes le fixaient sans bouger.

– En voiture, Jack, ordonna le vieux maître, recouvrant son calme. Nous devons parler. Et je dois aller là où je peux apprendre. Ce que nous avons fait pour notre jeune miss Lucy est loin de suffire.

– Où est-ce, *sir* – là où vous pouvez apprendre?

– J'ai reçu un mot d'un vieil ami. Il y a au British Museum une pièce où l'on me laissera entrer et où je pourrai prendre connaissance de certains secrets, si je sais où regarder. Je ne veux pas perdre une minute. En route!

Le père d'Arthur Holmwood s'accrochait encore à la vie dans un autre lit de malade d'une autre grande maison. Cette nuit-là pourtant, Arthur veillait au chevet de sa chère Lucy. Informé des mises en garde de Van Helsing – mais loin de les comprendre, Holmwood avait posé une paire de pistolets chargés à portée de sa main, sur la table, près du vase contenant la cueillette quotidienne de fleurs d'ail du professeur d'Amsterdam.

Pour Arthur, les longues journées de lutte vaine contre il ne savait quoi et de chagrin amer devant l'agonie et de son père et de la femme qu'il aimait, avaient été éprouvantes. Il avait des difficultés à demeurer éveillé. Et tandis qu'Arthur sommeillait, Lucy s'éveilla soudain. Les yeux de la jeune

121

femme s'ouvrirent instantanément sous l'effet d'une bouffée de joie et d'énergie démoniaques. Elle jeta à peine un regard à la silhouette de son fiancé dodelinant de la tête à son chevet et resta étendue parce qu'elle savait – avec une satisfaction profonde, impie – qu'il n'était point besoin de bouger.

Son amant vampire approchait, il saurait, *lui*, la trouver, comme il l'avait déjà fait maintes fois. Ni les veilles, ni les barrières ni les stratagèmes d'hommes ordinaires ne pouvaient l'en empêcher.

Les allégations répétées du vieux professeur au sujet d'une bête suceuse de sang avaient fini par convaincre Quincey Morris. C'était pour cette raison que le Texan montait seul cette nuit, dans le parc de Hillingham, une garde dont il s'était lui-même chargé. En compagnie de Seward et de Holmwood, il avait souvent chassé le grand fauve de Sumatra à la Sibérie : c'était un gibier qu'il connaissait bien.

Du moins le croyait-il.

La nuit était silencieuse, quoiqu'un léger vent se fût levé, à présent. Aucune trace d'intrusion dans le parc – il n'y en avait jamais, bien entendu. Pourtant, quelles que fussent les défenses établies, l'ennemi – si ennemi il y avait, si Van Helsing n'était pas un vieux fou – parvenait à les franchir par un moyen ou un autre.

Absorbé par la rumination de ce problème apparemment insoluble, Morris fut cependant alerté par son ouïe exercée, ou son instinct de chasseur. Il se retourna juste à temps pour apercevoir une silhouette sombre n'ayant rien d'humain qui se ruait sur lui. Aussitôt, il épaula sa carabine et tira – avec précision, lui dit son instinct, et cependant en vain.

L'instant d'après, Quincey Morris était renversé, assommé par l'incarnation de quelque force surhumaine qui passa sur lui pour se diriger vers la maison.

La forme bondissante d'un loup se jeta droit dans les carreaux des portes-fenêtres de Lucy. Le choc, le bruit de verre brisé tirèrent instantanément Holmwood de son demi-sommeil, mais le futur lord se réveilla trop tard, et peu préparé, de toute façon, à entreprendre quoi que ce soit d'efficace. Projeté sur le côté par cette même force qui s'était abattue sur Morris, il s'écroula, inconscient, dans un coin de la pièce.

L'instant d'après, la grande bête grise sauta sur le lit où Lucy, riant, roucoulant, animée d'une joie féroce, lui ouvrit les bras. Agrippant à deux mains le pelage de l'énorme bête, elle attira avidement les crocs du loup vers son corps...

Presque à la même minute, une voiture s'arrêta dans Great Russell Street. Deux hommes descendirent devant le British Museum, dont l'énorme masse était à cette heure complètement sombre.

La veille au soir, comme tous les autres jours, les portes de la salle de lecture s'étaient fermées aux visiteurs ordinaires. Mais à présent, au petit matin, le conservateur du musée conduisait deux hommes en quête de connaissances dans une des ailes du vaste édifice : l'un était Abraham Van Helsing, vieil ami du conservateur, l'autre le Dr Seward.

Tous trois se dirigeaient vers une petite salle de lecture d'accès réservé dont le conservateur dut ouvrir la porte, dépourvue d'inscription, avec une clef. Marmonnant à mi-voix, le professeur se précipita aussitôt vers les piles de livres et les rayonnages poussiéreux, dans une odeur de vieux papier et de vieux bois, cependant que le conservateur l'éclairait de ses conseils — et Seward des deux lampes qu'il tenait dans ses mains.

Van Helsing eut bientôt la joie de découvrir le livre qu'il cherchait.

C'était un vieux et lourd volume, muni d'un fermoir pour lequel le conservateur dut fournir une autre clef. Le vieux professeur souffla sur la poussière recouvrant sa trouvaille, alla la poser sur un pupitre et se mit à tourner les pages rigides.

L'essentiel du texte imprimé — il le constata sans surprise — était en allemand, le reste en d'autres langues plus orientales et moins couramment comprises à Londres. Mais Van Helsing connaissait la plupart d'entre elles, assez, du moins, pour s'orienter dans ses recherches.

Seward se pencha par-dessus son épaule pour l'éclairer de son mieux, et le vieux savant commença à lire, suivant les lignes du doigt, marmonnant pour lui-même, traduisant en anglais à voix haute.

– « Ici commence l'épouvantable histoire du sauvage prince Dracula le Berserker. Comment il empala et rôtit de pauvres gens, fit bouillir leurs têtes dans une marmite, les écorcha, les hacha menu et but leur sang. »

Une sinistre satisfaction envahissait le vieux médecin. Ce qu'il lisait confirmait ce qu'il soupçonnait depuis le début, lui faisait mieux saisir la fantastique et cependant affligeante vérité.

Mais aucun des deux médecins ne prit conscience que les connaissances qu'ils étaient en train d'acquérir venaient trop tard pour être d'une quelconque utilité à leur malade.

Cette bataille-là était déjà perdue.

12

Le soleil s'était levé sur Hillingham après le dernier assaut monstrueux contre Lucy. Tous les occupants de la maison – à l'exception peut-être de Mrs. Westenra, à qui l'on cachait encore l'amère défaite – savaient désormais que les longues et pénibles semaines de lutte pour sauver la vie de la jeune femme touchaient à leur fin. La hideuse vérité semblait flotter dans l'air, bien qu'aucune voix ne l'exprimât ouvertement et que personne, ou presque, n'en comprît réellement la nature.

Parmi ceux qui avaient combattu pour sauver la jeune fille, un seul homme, Van Helsing, avait pleinement conscience du danger horrible qui la menaçait. Et il lui était fort difficile d'agir avec efficacité sur la base de cette connaissance, en partie parce qu'elle était quasiment impossible à communiquer à d'autres. Comment, sans se faire lui-même traiter de fou, convaincre les esprits modernes et sceptiques de cette fin éclairée du XIXe siècle ? Il y avait des moments où le professeur désespérait presque de faire connaître un jour la vérité.

Le mystérieux agresseur de Quincey Morris ne lui avait infligé aucune blessure grave. Quand le Texan avait recouvré ses esprits, allongé sur la pelouse humide de rosée, un peu contusionné mais par ailleurs indemne, il s'était rangé à l'opinion déclarée de Van Helsing selon laquelle une bête

d'une espèce quelconque était responsable de l'état de Lucy
– une bête diaboliquement invulnérable aux balles de Winchester, Morris était maintenant prêt à l'attester personnelle-
ment.

Lord Godalming, le père d'Arthur Holmwood, était
décédé pendant la nuit dans son manoir ancestral, ce qui
n'avait surpris personne. Très tôt dans la matinée, un messager spécial en avait apporté la nouvelle à Arthur. Anéanti
par la mort de son père – annoncée de longue date mais non
moins terrible à supporter pour autant –, Arthur essayait de
prendre un peu de repos sur un canapé dans une chambre
voisine de celle de Lucy.

Peu avant six heures du matin, Van Helsing vint relever
son jeune confrère et se pencha vers la malade pour l'examiner. A peine avait-il regardé de près le visage de Lucy que le
vieillard ordonnait :

– Ouvrez les volets, j'ai besoin de lumière !

Seward se hâta de lui donner satisfaction.

Van Helsing ôta le collier de fleurs d'ail et le foulard de
soie que Lucy portait au cou.

– La catin du diable, murmura-t-il d'une voix désespérée.

Seward s'approcha pour voir lui aussi, et ce qu'il découvrit
le fit frissonner.

Les blessures au cou avaient totalement disparu.

Pendant cinq longues minutes, Van Helsing, l'expression
grave, demeura penché sur sa jeune malade. Puis il se tourna
vers Seward et déclara d'un ton calme :

– Elle se meurt, ce ne sera plus long, maintenant. Réveil-
lez ce pauvre garçon, qu'il vienne assister à la fin. Il a
confiance en nous, et nous le lui avons promis.

Seward passa dans la pièce voisine où se trouvait Arthur,
le réveilla, lui dit que Lucy dormait et lui annonça avec le
plus de ménagement possible que la fin était proche.

Lorsque les deux hommes revinrent dans la chambre de
Lucy, Seward remarqua que Van Helsing avait mis de
l'ordre dans la pièce et avait même brossé les cheveux de la

jeune femme, qui répandaient sur l'oreiller, comme à l'accoutumée, leur brillante cascade.

Quand Holmwood entra, Lucy ouvrit les yeux et, voyant son fiancé, murmura :

– Arthur ! Oh ! mon amour, je suis si heureuse que vous soyez venu.

Il se penchait pour l'embrasser quand Van Helsing lui fit signe de reculer.

– Non, pas encore. Tenez-lui la main, cela la réconfortera davantage.

Après un coup d'œil interrogateur au vieil homme, Arthur prit la main de Lucy et s'agenouilla auprès d'elle. Elle ferma lentement les yeux, sombra dans le sommeil, respirant comme un enfant fatigué. Et puis, insensiblement d'abord, se produisit l'étrange transformation à laquelle Seward avait déjà assisté. La respiration de la jeune femme se fit stertoreuse, sa bouche s'ouvrit ; ses gencives pâles se relevèrent, faisant paraître les dents plus longues et plus pointues.

Telle une somnambule, elle ouvrit des yeux à la fois éteints et durs et répéta d'une voix douce, sensuelle :

– Arthur ! Oh ! mon amour, je suis si heureuse que vous soyez venu. Embrassez-moi.

Cette fois Arthur se pencha vers la femme qu'il aimait mais Van Helsing, alerté comme Seward par le changement de voix, se jeta sur le jeune lord, le saisit au cou à deux mains et le tira en arrière avec une telle vigueur qu'il le projeta à travers la pièce.

– Non ! s'écria le professeur. Il y va de votre vie ! De votre âme et de la sienne !

Abasourdi, Arthur ne savait que dire ni que faire. Silencieux, il attendait.

Lucy grogna d'abord comme un animal – il n'y a pas d'autre mot, pensa Seward – devant l'intervention vigoureuse de Van Helsing, mais un instant plus tard son aspect et ses manières reprenaient leur douceur.

– Mon véritable ami ! dit-elle d'une voix faible, pressant la main du professeur de ses doigts décharnés. Mon véritable ami et le sien. Oh ! protégez-le et donnez-moi la paix.

Van Helsing tomba sur un genou près du lit, s'exclama avec solennité :

– Je le jure !

La respiration de la jeune femme s'enfla puis cessa tout à coup.

Peu après le lever du soleil, alors qu'Arthur Holmwood continuait à veiller Lucy, le Dr Seward la déclara morte et signa dans l'heure qui suivit le certificat de décès.

A midi, Lucy reposait, pure et ravissante, sur le satin blanc de son cercueil de verre, entouré d'une profusion de lis et de roses dans le grand salon. Seward, qui contemplait la forme étendue sous le verre, songeait que chaque heure qui passait semblait rehausser la beauté de la défunte. Le phénomène l'intriguait, l'effrayait même, et il ne fut pas surpris de voir Arthur se mettre à trembler. Le jeune lord se pencha vers lui et lui demanda dans un murmure :

– Jack, est-elle vraiment morte ?

Le médecin dut l'assurer qu'elle l'était.

Pendant ce temps, la mère de Lucy s'était effondrée en apprenant la nouvelle – il n'y avait plus moyen de lui cacher la triste vérité. Mrs. Westenra était maintenant entourée des soins de ses domestiques et de son propre docteur, dans sa chambre. Seward s'attendait à apprendre d'un moment à l'autre que la mère avait suivi sa fille dans la mort.

En début d'après-midi, Holmwood et Quincey Morris, tous deux au bord des larmes et incapables de prendre du repos, veillaient Lucy dans son cercueil. Van Helsing et Seward, tout aussi affligés, s'entretenaient à proximité. Sur un signe du vieillard, les deux médecins se retirèrent dans la serre, où ils pourraient poursuivre leur conversation en privé.

– Je sais que vous l'aimiez profondément, commença le professeur. Ce que j'ai découvert la nuit dernière est venu trop tard pour la sauver. (Il demeura un moment silencieux.) Mais il y a pire à craindre.

– Pire ! s'écria Seward, consterné. Au nom du ciel, professeur, que peut-il y avoir de pire que ce que nous avons enduré?

– Jack, vous en remettez-vous à moi?

– Pour faire quoi?

Si ce manque de confiance, nouveau chez Seward, le contrariait, Van Helsing ne fit aucun commentaire. Le regard lointain, il échafaudait déjà ses plans.

– Je désire que vous m'apportez, aujourd'hui ou demain, de quoi pratiquer une autopsie.

– Nous devons faire une autopsie?

– Oui... et non. Je veux opérer, mais pas comme vous le pensez. A vous, je puis tout dire, mais pas un mot à quiconque. Je désire couper la tête de Lucy et prélever son cœur.

Seward hoqueta.

– Voyons, le semonça Van Helsing, vous, un chirurgien – mais j'oublie que vous l'aimiez.

– Je l'aimais, oui.

– Vous n'en devez pas moins m'aider... J'aurais souhaité opérer ce soir mais, par considération pour Arthur, je ne peux pas. Il sera libre demain après les funérailles de son père, et il voudra revoir l'objet de son amour avant l'enterrement. Plus tard, quand elle sera dans son cercueil définitif, enterrée ou non, vous et moi attendrons que tout le monde soit endormi pour agir. Nous ouvrirons le cercueil, nous pratiquerons l'opération et nous remettrons tout en place de manière que personne, excepté nous, ne soit au courant.

Remis de son choc, Seward demeurait abattu et intrigué.

– Mais pourquoi cette mutilation, professeur? La pauvre fille est morte. Je ne vois là rien de bon ni pour elle, ni pour nous, ni pour la science...

Van Helsing prit un ton affectueusement paternel :

– Jack, mon ami, je compatis à votre souffrance. Il y a des choses que vous ignorez et que vous apprendrez même si elles n'ont rien d'agréable. N'avez-vous pas été consterné, voire indigné quand j'ai interdit à Arthur d'embrasser la femme qu'il aimait – bien qu'elle se mourût – et que je l'ai écarté d'elle de toutes mes forces?

— Franchement, si.

— Oui! Et pourtant, vous avez vu comme elle m'a remercié, avec ses beaux yeux agonisants, comme elle a embrassé ma vieille main rêche?

Van Helsing leva la main sur laquelle Lucy avait pressé ses lèvres et Seward remarqua qu'elle tremblait un peu.

— Oui, je l'ai vu.

Le professeur poursuivit :

— Et ne m'avez-vous pas entendu lui faire une promesse, pour qu'elle ferme les yeux en paix?

— J'ai vu et entendu cela aussi.

— Eh bien, j'ai de bonnes raisons à présent pour faire ce que je vous ai exposé. Faites-moi confiance, Jack. De très bonnes raisons.

Comme il fallait s'y attendre, Mrs. Westenra ne survécut que quelques heures au choc causé par la mort de son unique enfant. Seward nota dans son journal que, lors de funérailles communes, la vieille dame fut enterrée près de sa fille Lucy, « dans le caveau de famille, loin de l'agitation de Londres, là où l'air est frais, où le soleil se lève sur Hampstead, et où des fleurs sauvages poussent de leur plein gré ».

Juste avant l'aube, à la lisière de Hampstead Heath, un petit mendiant vêtu de haillons et qui ne devait pas avoir plus de sept ou huit ans chauffait ses mains gercées et ses pieds nus à un petit feu de copeaux et de morceaux de charbon récupérés çà et là.

L'enfant oublia la faim et le froid quand son attention fut attirée par une jolie jeune femme rousse qui marchait vers lui de la direction où le soleil allait se lever. Elle était seule, tout habillée de blanc, si bien que son fruste admirateur se demanda si ce n'était pas une mariée. Elle adressa un sourire charmant au petit garçon qui, bouche bée, regardait passer cette image de la beauté.

Il la vit disparaître dans la direction de Hillingham et murmura :

— Mince, drôlement bath, la dame...

Mais, quelques moments plus tard, en se retournant vers l'endroit d'où l'apparition était venue, le gamin aperçut deux jambes immobiles, pas plus grandes que les siennes, qui dépassaient d'un buisson.

D'abord l'utile. S'approchant de la victime apparemment sans vie, l'enfant frissonnant entreprit de lui ôter ses chaussures, en se disant qu'il en avait lui-même davantage besoin. Sur ce, le propriétaire des chaussures remua et se redressa en pleurant. C'était un gosse lui aussi, peut-être un peu plus jeune que le premier. Il semblait hagard et sa peau avait perdu toute couleur.

Son cou était percé de deux minuscules blessures, encore fraîches, où perlaient deux gouttes de sang.

Ce même jour, dans la soirée, Van Helsing, atterré par ce qu'il venait de lire dans le journal, poussa un juron en néerlandais et grommela :

– Déjà ! Déjà !

Seward prit le journal et lut :

WESTMINSTER GAZETTE, 25 SEPTEMBRE
MYSTÈRE A HAMPSTEAD

Nous venons d'apprendre qu'un autre enfant, dont la disparition avait été signalée hier soir, a été découvert en fin de matinée dans un buisson, dans une partie peu fréquentée de Hampstead Heath. L'enfant présentait les mêmes piqûres à la gorge que les autres victimes. Comme elles, il était terriblement affaibli et émacié. Après s'être partiellement remis, il déclara avoir été lui aussi attiré par « la chouette dame ».

Dans l'heure qui suivit, le professeur se rendit avec Seward au North Heath Hospital. Après avoir rapidement établi leur qualité auprès du médecin de service, les deux hommes furent conduits au chevet de l'enfant récemment admis.

131

Van Helsing commença par lui offrir une friandise puis, soulevant adroitement le pansement, il examina les blessures faites au cou du gamin et s'assura que Seward faisait de même. Puis le professeur remit le pansement en place, se rassit.

— Mon garçon, j'ai besoin de ton aide. Le Dr Vincent pense que c'est une bête qui t'a mordu. Peut-être un rat? Peut-être une chauve-souris?

L'enfant secoua la tête.

— C'était une chouette dame.

— Une dame très belle, dis-tu — si j'ai bien compris?

Hochement de tête affirmatif.

— Bien. Voyons, les cheveux de cette dame, ils sont gris, peut-être? Ou noirs?

La petite tête remua d'un côté à l'autre. Le bonbon avait déjà disparu dans la bouche affamée et Van Helsing, sur la suggestion de Seward, en offrit un autre. Les dents serrées sur la gâterie, le gamin déclara d'une voix chuintante mais ferme :

— Non, patron, m'sieur l'directeur. Elle avait des cheveux tout roux. Brillants. Comme un ange. Mais elle m'a mordu, ça oui.

Quelques minutes plus tard, Seward et Van Helsing sortaient de l'hôpital.

— *Mijn God!* Déjà, déjà, murmurait à nouveau le vieux professeur.

Son compagnon s'éclaircit la voix avant d'énoncer l'unique point qu'il fût parvenu à saisir clairement dans toute cette affaire.

— Ces petites perforations sont identiques à celles de la pauvre Lucy. On peut supposer que ce sont aussi les mêmes que chez les autres enfants.

Son mentor lui coula un regard en biais sous ses épais sourcils.

— Et qu'en concluez-vous?

— Simplement que les blessures des enfants et de Lucy ont été causées par le même agent.

– Vous vous trompez. Oh! si cela pouvait être vrai! Hélas, il n'en est rien. C'est pire, bien pire.

Seward s'immobilisa, se tourna vers le vieillard.

– Pour l'amour de Dieu, professeur Van Helsing, que voulez-vous dire?

Le vieux chercheur eut un geste désespéré.

– Ils ont été faits par miss Lucy!

Ce même jour, Jonathan et Mina Harker rentraient en Angleterre après s'être mariés à l'hôpital religieux de Budapest. Quelques jours de convalescence de plus, la présence et les attentions d'une épouse aimante avaient redonné à Harker – du moins apparemment – une santé quasi normale. Un teint pâle, une claudication qu'il corrigeait avec une canne constituaient apparemment les seules séquelles de ses épreuves.

Le couple arriva de France à Douvres par bateau, prit un train pour Londres. A Douvres, un télégramme de Van Helsing leur avait appris la nouvelle, affligeante mais prévisible, des morts successives de Lucy et de sa mère. Par ailleurs, le professeur priait les Harker de le joindre dès que possible à Londres, où il avait pris une chambre au *Berkeley Hotel*.

Les jeunes mariés descendirent du train à Victoria Station. Jonathan étant encore en congé de convalescence, ils décidèrent de réserver eux aussi une chambre au *Berkeley*. Et tandis que le couple, avec ses modestes bagages, prenait place dans un fiacre, Mina disait d'un ton songeur, autant pour elle-même qu'à son nouvel époux.

– Je n'arrive pas à croire que Lucy n'est plus... que nous ne la reverrons jamais. Elle qui rayonnait de vie! Comme elle a dû souffrir! Sa vie et la mienne étaient si différentes, il y a quelques mois seulement. Tous nos espoirs – nos rêves...

Harker, qui avait à peine connu Lucy, compatissait à la douleur de sa femme mais regardait en même temps par la fenêtre du fiacre, buvait avidement des yeux la joyeuse agitation de Londres, savourait les scènes et les bruits familiers de la métropole qu'il avait plus d'une fois désespéré de retrouver.

Dans la clameur, la vie grouillante des rues londoniennes, il commença enfin à se détendre. Le coup n'en fut que plus rude lorsque, quelques minutes plus tard, dans la voiture momentanément bloquée dans la circulation, il éprouva l'un des chocs les plus terribles de sa vie.

Il vit Dracula, le comte des Carpates – c'était lui, on ne pouvait s'y tromper, bien qu'il fût maintenant jeune, plein de vie, et vêtu à l'anglaise. Planté sous un bec de gaz, il toisait Harker avec arrogance et ne semblait pas du tout surpris de le voir. Après avoir gratifié son ancien prisonnier d'un regard entendu, il se retourna lentement et entra dans un *pub*.

Harker voulut se lever mais ses nerfs fatigués lui firent défaut et ses genoux se dérobèrent sous lui. Mina le soutint, fixa avec inquiétude les yeux de son mari écarquillés de stupeur et de terreur.

– Jonathan ? Qu'y a-t-il ?

Harker tendit fébrilement le bras par la fenêtre en bégayant :

– C-c'est lui. Le comte Dracula. Je-je l'ai vu, il est devenu jeune !

Mina sentit son cœur se glacer. Elle regarda par la fenêtre du fiacre, toujours immobilisé, mais ce qui avait bouleversé Jonathan n'était plus en vue.

– Carfax ! s'exclama soudain Harker en claquant des doigts. Le salaud est ici.

– Carfax – la propriété que tu lui as vendue ?

Harker hocha la tête.

– L'une d'elles. Oui.

Il tira de son sac de voyage un mince volume : le journal qu'il avait tenu pendant sa captivité au château de Dracula et qu'il avait réussi à garder sur lui en s'évadant. D'un geste nerveux, il le mit dans les mains de Mina, leva vers elle des yeux suppliants.

– Je t'en prie, lis-le. Je n'ai fait que décrire à grands traits ce qui s'était passé dans cet endroit infernal. Je veux maintenant que tu connaisses tous les détails. Tu comprendras...

Les doigts de la jeune femme se refermèrent sur le journal.

– Que vas-tu faire, Jonathan?

– Ce que je dois faire!

L'instant d'après, Harker avait sauté du fiacre et se lançait, aussi vite que sa claudication le lui permettait, à la poursuite de Dracula. Il se fraya un chemin sur le trottoir bondé, pénétra dans la *public house*, scruta la salle enfumée.

Quand la circulation reprit, Mina ordonna au cocher de s'arrêter le long du trottoir et d'attendre. Comme celui-ci ne semblait guère disposé à obtempérer, elle appuya sa demande d'une poignée de pièces.

A l'intérieur du *pub*, Harker aperçut l'homme qu'il cherchait à l'instant même où il quittait l'établissement par une autre porte. Bousculant les clients, sourd à leurs protestations, Harker le suivit.

Il se retrouva dehors, dans une ruelle obscurcie par le brouillard, entrevit à nouveau le comte – silhouette qui se retourna et sourit, comme pour l'inviter à le suivre.

Harker s'élança derrière lui : sa rage, son indignation avaient momentanément pris le pas sur sa peur, et même sur son bon sens.

Soudain le brouillard qui enveloppait le jeune homme fut agité par une force tourbillonnante. La forme incroyable d'une chauve-souris gigantesque et noire, de la taille d'un homme, jaillit de la brume et renversa Harker.

Il heurta durement les pavés, perdit conscience.

13

Au cœur de la nuit de septembre, dans le brouillard et le froid, quatre hommes chargés d'outils, d'armes et de lanternes se glissaient furtivement dans le cimetière de Hillingham.

C'était bien entendu Van Helsing qui avait inspiré et organisé cette expédition. Il en assurait le commandement, assisté par un Seward silencieux et perplexe. Le professeur avait choisi cette heure sombre pour ne pas être vu par les domestiques et éviter ainsi des ragots.

Quincey Morris, plus intrigué que jamais par la nature exacte de ce qu'ils devaient combattre mais résolu à se tenir aux côtés de ses amis, marchait près d'Arthur Holmwood, doublement affligé, et qui, à la mort de son père, avait hérité du titre de lord Godalming.

Quincey et Arthur en savaient encore moins que le Dr Seward sur l'objectif de l'expédition, et tous deux y participaient plus ou moins à contrecœur. Ils avaient été consternés, épouvantés quand Van Helsing leur avait déclaré qu'il fallait accomplir cette nuit une tâche d'une importance vitale dans le caveau de famille des Westenra.

Les quatre hommes en un groupe compact sortirent de la maison par une porte latérale pour gagner la partie de la propriété où les Westenra étaient enterrés. Après qu'ils eurent dépassé les tombes de cousins éloignés ou de vieux serviteurs, Van Helsing les conduisit vers l'imposante entrée de la crypte familiale.

Selon les dernières volontés de Lucy, Arthur Holmwood avait hérité tous les biens de la jeune fille, y compris ceux qui avaient appartenu à sa mère, et le jeune lord était donc en possession de toutes les clefs de la propriété. Sur un signe impérieux du professeur, confirmé par un hochement de tête de Seward, Arthur ouvrit de mauvaise grâce les grilles de fer forgé protégeant le caveau où, depuis des siècles, reposaient les membres de la famille Westenra. La serrure s'ouvrit facilement : elle avait été huilée quelques jours plus tôt pour les doubles funérailles.

En silence, Van Helsing, qui portait l'une des lanternes, précéda ses compagnons à l'intérieur.

Suivant son vieux maître sur les marches de pierre qui résonnaient sous leurs pas, Seward se rappelait avec une netteté douloureuse l'aspect du mausolée le jour de l'enterrement de Lucy et de sa mère. Malgré les fleurs et les couronnes, l'intérieur du caveau lui avait alors paru sinistre. A présent, les fleurs déjà fanées pendaient, molles et mortes, au bout de leur tige; l'araignée et le scarabée avaient rétabli leur domination sur les lieux. La pierre décolorée par le temps, le mortier incrusté de poussière, le fer humide et rouillé, le cuivre terni, les plaques d'argent noircies renvoyaient la faible lueur des lanternes. L'effet était encore plus macabre, plus attristant que Seward l'avait imaginé.

Parvenu en bas, Van Helsing se mit au travail avec méthode. Confiant sa lanterne à l'un des trois autres, il alluma une bougie, la tint de façon à pouvoir lire les plaques afin de retrouver le cercueil de Lucy. Celui-ci était dans une sorte de sarcophage, fermé par un couvercle de pierre que, sous sa gouverne, ils entreprirent de faire glisser sur le côté.

Holmwood s'éclaircit la voix, bruit qui fit sursauter tout le monde dans le silence glacial.

– Devons-nous profaner la tombe de Lucy? demanda-t-il abruptement. Sa mort a été assez affreuse comme cela.

Van Helsing, qui finissait de disposer les lanternes à sa

convenance, leva une main et répondit, du ton d'un professeur faisant une conférence :

— Si miss Lucy est morte, nous ne pouvons lui faire aucun mal, ce soir. Si au contraire, elle ne l'est pas...

A cette suggestion, Holmwood défaillit presque.

— Mon Dieu, voulez-vous dire... qu'elle a été enterrée vivante ?

— Je me contenterai de la qualifier de « non-morte », répondit Van Helsing avec calme.

Il fit un signe, et Seward d'abord puis Quincey Morris s'attaquèrent à la fermeture extérieure du cercueil à l'aide de tournevis.

— « Non-morte » ? s'écria Arthur, dont les nerfs menaçaient de lâcher. Qu'est-ce que cela signifie ? Jack ? Quincey ?

Morris secoua la tête, résolu à aller au fond des choses.

Holmwood poursuivit ses protestations :

— C'est de la démence ! Qu'a fait la pauvre Lucy pour mériter cette profanation ? Elle est morte d'une horrible façon...

Calmement, Van Helsing ôta la dernière vis, souleva le couvercle du cercueil extérieur, révélant un caisson de plomb. D'un geste vif, il abattit le tournevis, perçant un trou assez grand pour laisser passer la lame d'une petite scie. Les trois autres se reculèrent. Seward, avec son expérience médicale, s'attendait plus qu'à demi à un échappement de gaz nocifs provenant du cadavre en décomposition, mais rien de tel ne se produisit.

Le professeur découpa le cerceuil de plomb sur une trentaine de centimètres, répéta l'opération de l'autre côté, puis en travers, saisit la plaque ainsi délimitée et la rabattit, se recula, fit signe aux autres de regarder.

Un par un, les trois hommes s'approchèrent et plongèrent le regard à l'intérieur. Le cercueil était vide.

Holmwood, blême, fit un pas en arrière.

— Où est-elle ? cria-t-il d'une voix brisée. Qu'est-ce que vous avez fait d'elle, Van Helsing ?

La réponse du vieil homme s'abattit comme un coup de marteau :

– Lucy est un vampire. *Nosferatu,* comme on dit en Europe centrale, « non-mort ». Elle vit hors de la grâce de Dieu, elle erre dans les ténèbres. On devient presque immortel quand on a été contaminé par un autre *nosferatu.*

Quincey Morris jeta l'outil qu'il tenait à la main et émit un grognement indigné et railleur, comme s'il se refusait encore à admettre ce que sa propre expérience le contraignait désormais à croire.

Arthur empoigna Van Helsing.

– C'est de la folie! En donnant mon sang à Lucy, j'en ai fait ma femme! (Personne n'avait parlé au marié en puissance des trois autres transfusions, et personne n'avait l'intention de le faire.) Je la protégerai de cet outrage!

Le professeur frappa du plat de la main le cercueil de plomb, qui sonna creux.

– Comme vous pouvez le constater, elle n'est pas là-dedans. Les « non-morts » sont condamnés à survivre éternellement en se nourrissant du sang des vivants.

– Mensonges! Vous ne pouvez pas le prouver. Vieux fou! *Qu'avez-vous fait d'elle?*

Holmwood saisit soudain le revolver passé sous la ceinture de Morris et braqua l'arme sur Van Helsing. Un long moment, le silence régna dans le caveau. Quincey Morris était abasourdi, Holmwood à demi fou de chagrin et de stupeur. Seward, qui cherchait le meilleur moyen de calmer Arthur, s'efforçait de garder son sang-froid. Et Van Helsing lui-même se contentait, semblait-il, d'attendre avec résignation ce que le sort lui réservait.

Le professeur inclina alors la tête, tendit l'oreille, leva une main impérieuse.

Une douce voix féminine chantant une sorte de berceuse leur parvint de l'extérieur du caveau. Les trois jeunes gens échangèrent des regards perplexes.

Van Helsing les fit reculer, avec leurs lanternes, dans une espèce de cavité entre de vieux sarcophages, hors de vue de quiconque descendrait l'escalier. Dès qu'ils y furent tapis, il masqua les lanternes.

Les quatre hommes attendirent dans le noir, écoutant, retenant leur respiration. Seule la pâle lueur de la lune éclairait l'intérieur du caveau. Seward se rappela qu'ils avaient laissé la grille ouverte.

A quoi s'attendait-il? il n'aurait su le dire – en tout cas, pas à ce qui se produisit. Une forme blanche tenant quelque chose au creux des bras et chantant doucement une berceuse apparut dans l'escalier. Elle s'arrêta, eut un petit rire familier, puis reprit sa descente en chantant.

Seward sentit ses cheveux se hérisser sur son crâne, la main de Van Helsing lui serrait le bras comme un étau. La voix de l'apparition était incontestablement celle de Lucy – une femme que Seward avait lui-même déclarée médicalement morte, et qu'il avait vu mettre en terre –, mais elle semblait altérée, presque incohérente.

Sur un mot de Van Helsing, les quatre hommes sortirent de leur cachette et le professeur, faisant glisser le cache de la lanterne, dirigea un faisceau de lumière en direction de la silhouette blanche.

Le visage et les cheveux roux de la femme étaient ceux de Lucy. A la lumière qui l'éclairait à présent, les quatre hommes virent qu'elle avait les lèvres écarlates de sang frais, et qu'un filet rouge, coulant sur son menton, avait souillé la pureté de la longue robe blanche – à présent impudiquement déchirée à la poitrine – qui aurait dû être celle de ses noces.

D'un geste indifférent, Lucy jeta par terre l'enfant qui, jusque-là, s'accrochait à sa poitrine. Grognant, ses lèvres retroussées sur ses dents pointues, elle battit en retraite vers son cercueil.

Seward se précipita aussitôt pour ramasser l'enfant en pleurs. Confusément, son instinct de médecin nota que le bébé ne semblait pas avoir beaucoup souffert.

Le visage de Quincey Morris, face à l'apparition, offrait l'image même de l'horreur silencieuse. Par réflexe, le Texan avait dégainé son coutelas et se tenait prêt à s'en servir.

C'en était trop – beaucoup trop – pour Holmwood, dont les jambes tremblaient.

Parvenue près de son cercueil, Lucy parut remarquer enfin la présence de son fiancé dans le caveau. Aussitôt, comme par magie, l'impudeur et le mal disparurent de sa personne; elle redevint aussi belle et virginale qu'elle l'avait été de son vivant quand elle s'avança vers lui en disant:

– Viens à moi, Arthur. Laisse les autres et viens à moi. Mes bras se languissent de toi. Viens, nous reposerons ensemble. Viens à moi, mon époux, viens...

Hébété, Seward avait cependant encore assez de lucidité pour remarquer qu'il y avait dans la douceur diabolique du ton de Lucy, quelque chose qui rappelait le tintement du cristal quand on le frappe.

Marchant comme un somnambule, Holmwood se dirigea vers elle, les bras tendus.

– Lucy... fit-il d'une voix étranglée.

Comme auparavant, Van Helsing s'interposa entre eux, brandissant cette fois un crucifix.

Lucy recula, sifflant et grimaçant. Jamais Seward n'avait contemplé une telle férocité frustrée. Si un visage a jamais signifié la mort, songea-t-il, c'est bien celui-là.

Sans quitter le vampire des yeux, Van Helsing continuait à brandir la croix.

– Répondez-moi, maintenant, mon ami! cria-t-il à Arthur. Puis-je accomplir mon travail?

Le jeune lord tomba à genoux en gémissant, enfouit son visage dans ses mains.

– Faites comme bon vous semble, Van Helsing, murmura-t-il d'une voix à peine audible.

Comme il émanait du crucifix une force invisible et toute-puissante, le vieux professeur s'en servit pour repousser la femme qui continuait à gronder. Soudain elle bondit et, d'un mouvement grotesque, sans naturel, se coula dans son cercueil, vomissant du sang sur Van Helsing juste avant de disparaître.

Un moment s'était écoulé depuis que Jonathan Harker avait laissé sa jeune épouse l'attendre dans une rue de Londres. Elle avait passé les premières minutes de l'absence de Jonathan à parcourir son journal – le compte rendu écrit de son voyage en Transylvanie – en s'attardant plus particulièrement sur les dernières pages qui couvraient les quelques jours passés au château en qualité d'invité – ou de prisonnier – de Dracula. Mina n'aurait su dire si les horreurs qu'elles relataient devaient être considérées comme réelles ou comme le fruit de l'imagination malade de son mari.

Les efforts de la jeune femme pour examiner le problème calmement étaient troublés par quelques mots que son époux avait prononcés juste avant de sauter du fiacre. Ces mots ne cessaient de revenir la tourmenter, plus terrifiants chaque fois, et chargés d'une implication que jusqu'ici elle se refusait à affronter directement.

C'est lui. Le comte Dracula. Je l'ai vu, il est devenu jeune, avait dit Jonathan.

Jonathan n'était toujours pas revenu. A mesure que le temps passait, l'inquiétude de Mina grandissait. Elle levait fréquemment les yeux de l'effrayant journal, scrutait par la fenêtre du fiacre la foule anonyme enveloppée de brouillard et se demandait si elle ne devait pas se mettre à la recherche de son mari. Mais si elle quittait la voiture, Jonathan reviendrait peut-être pendant qu'elle serait partie...

Entendant quelqu'un à l'autre portière, elle tourna la tête avec soulagement.

– Jonathan?

Mais lorsque la porte s'ouvrit, ce fut le prince, son mystérieux amant, qui lui apparut. Comme elle se reculait instinctivement, il plaida :

– Non – je vous en prie. Il fallait que je vous voie. Je deviens fou sans vous...

Mina ne pouvait parler.

Lorsqu'il grimpa à demi dans le fiacre, tendant les bras vers elle, elle tenta doucement de se dégager.

— S'il vous plaît... protesta-t-elle. Vous n'avez pas le droit... Mon mari...

— Mina, dit-il (et elle eut un moment l'impression qu'il avait ajouté un autre nom), j'ai traversé des océans de temps pour vous trouver. Pouvez-vous concevoir ce que j'éprouve pour vous ? J'ai poursuivi une quête interminable, sans espoir... Jusqu'à ce que le miracle se produise.

Dans les profondeurs du caveau de famille des Westenra, Van Helsing disposait avec soin sur une plaque de marbre ses bistouris et autres instruments. Parmi ceux-ci, un pieu en bois de plus de deux pieds de long, à la pointe durcie au feu, et un de ces lourds marteaux utilisé pour casser les morceaux de charbon.

Inconsciente, la femme allongée dans le cercueil avait les yeux clos. Avec ses dents pointues, sa bouche barbouillée de sang, elle n'était plus, pour tous les hommes présents, qu'une image cauchemardesque de Lucy. Même le visage d'Arthur se durcit quand il la regarda et, d'une voix empreinte d'une fermeté nouvelle, il demanda à Van Helsing :

— Est-ce réellement le corps de Lucy, ou seulement un démon qui a pris sa forme ?

Le vieil homme grogna.

— C'est son corps — et ça ne l'est pas. Mais attendez et vous la verrez comme elle était, comme elle est.

Quand il eut fini de placer ses instruments à sa convenance, Van Helsing ajouta :

— Avant que nous faisons quoi que ce soit, laissez-moi vous dire ceci. Quand les « non-morts » deviennent tels qu'ils sont, le changement s'accompagne de la malédiction de l'immortalité. Ils ne peuvent mourir de façon normale et se perpétuent à travers les siècles, augmentant le nombre de victimes. Car tous ceux qui sont la proie des « non-morts » deviennent des « non-morts » eux aussi. Et le cercle grandit, s'élargit sans cesse, comme les rides que fait une pierre jetée dans l'eau.

» La carrière de vampire de cette malheureuse jeune

dame ne fait que commencer. Les enfants dont elle suce le sang, ce n'est pas encore le pire... (Tous les yeux se tournèrent vers le bébé inconscient dans les bras de Seward.) Mais si elle continue à vivre, « non-morte », ils viendront à elle de plus en plus nombreux.

» Par contre, si elle meurt véritablement, les petites blessures au cou disparaissent et ils retournent à leurs jeux, sans savoir ce qui s'est passé.

La voix du professeur se chargea d'émotion quand il poursuivit :

– Mais mieux encore, quand nous aurons fait en sorte que cette « non-morte » repose enfin comme une vraie morte, l'âme de la pauvre femme que nous chérissons sera de nouveau libre. Elle prendra sa place parmi les anges. C'est donc une main bénie, pour elle, qui frappera le coup qui la libérera – la main qu'entre toutes elle aurait choisie si elle avait eu le choix.

Van Helsing se tut, regarda ses compagnons.

– Dites-moi s'il se trouve parmi nous quelqu'un qui réponde à cette description.

Les regards convergèrent vers Holmwood, qui déclara à Van Helsing :

– Du fond d'un cœur brisé, je vous remercie. Expliquez-moi ce que je dois faire.

Les instructions furent cliniques, terre à terre :

– Prenez ce pieu dans votre main gauche, placez la pointe sur le cœur, le marteau dans la main droite, frappez, au nom de Dieu !

Le jeune lord pâlit à nouveau mais il accepta – pieu dans la main gauche, marteau dans la droite – les instruments que le professeur lui tendait.

– Un moment de courage, assura le vieillard, et c'est fait !

Encore juché sur le marchepied, le corps à demi dans le fiacre, Dracula serrait contre lui une Mina qui avait renoncé à lutter.

– Je t'ai perdue une fois, lui disait-il, je ne te perdrai pas à nouveau.

144

Elle essaya de penser à Jonathan mais c'était sans espoir.
— Je ne puis plus combattre mes propres sentiments...,
murmura-t-elle.

Arthur, après avoir posé l'extrémité pointue du long pieu
de bois sur la blancheur dénudée de la poitrine de Lucy,
brandit le marteau.
Et frappa.

A Londres, à ce même instant, Mina vit avec horreur et
stupéfaction les yeux de son amant s'agrandir. Son prince
recula en titubant, s'étreignit la poitrine comme s'il avait lui-
même reçu une blessure mortelle. Il poussa un cri rauque :
— Ils nous rejettent !

Dans le caveau, les yeux de Lucy s'écarquillèrent sous
l'impact de sa vraie mort et elle ouvrit la bouche pour crier.

A Londres, Mina ne pouvait que regarder avec épouvante
le dément chancelant qui s'éloignait d'elle, se perdait dans la
foule en hurlant son nom.

Avec un bistouri affûté comme un rasoir, Van Helsing
sépara la tête de Lucy de son corps avant qu'elle puisse prononcer un mot.

Dracula avait déjà disparu dans la foule.
Plus désespérée et terrifiée que jamais, Mina, penchée à la
fenêtre du fiacre, appelait d'une voix aiguë :
— Jonathan ! Jonathan !
La portière s'ouvrit à nouveau. Cette fois c'était Harker,
contusionné, échevelé, sans chapeau, qui s'élança pour
prendre sa femme dans ses bras.

Dans le caveau, les quatre hommes, physiquement épuisés
et psychologiquement vidés, faisaient cercle en silence
autour du cercueil encore ouvert. Lucy y reposait à présent

en paix. Van Helsing avait remis la tête tranchée à sa place, puis avait scié le pieu au ras de la poitrine, laissant délibérément la pointe dans le cœur de la jeune femme.

Tous les quatre contemplaient avec émerveillement le visage d'une douceur et d'une pureté virginales où ils reconnaissaient enfin Lucy telle qu'ils l'avaient aimée.

Après un silence qui parut interminable, Van Helsing, exténué, eut encore quelques mots pour Holmwood :

— Vous pouvez l'embrasser maintenant.

14

Deux jours s'étaient écoulés depuis que le lourd marteau, tenu par la main ferme d'Arthur Holmwood, avait enfoncé le pieu dans le cœur de Lucy Westenra, et que le bistouri avait au même moment séparé la tête de la jeune femme de son corps.

Aujourd'hui, le professeur Van Helsing tenait à la main un autre instrument tranchant, un peu différent quoique approximativement de la même dimension. Ses mains habiles découpaient et servaient un rôti de bœuf tandis qu'il conversait avec deux nouvelles connaissances dans un salon particulier du restaurant du *Berkeley Hotel*, sa résidence à Londres.

Mina et Jonathan Harker étaient ses hôtes à dîner. Van Helsing avait lu la relation que Jonathan avait faite de son infortuné voyage en Europe centrale, ainsi que le journal de Mina couvrant le même laps de temps. En fait, les deux documents se trouvaient présentement sur la table recouverte d'une nappe. Le professeur avait déjà longuement interrogé leurs auteurs et avait encore plusieurs questions à leur poser.

Pour le moment, entre deux bouchées d'un excellent dîner, il commentait ce que ces journaux lui avaient appris.

– Une histoire incroyable, bien sûr, Mr. Harker. (Il s'interrompit pour mâcher, avaler.) Mais, aussi terrible est-elle, je ne doute pas de sa véracité – j'en mets ma tête à couper. Allons, mangez! Une autre pomme de terre? Célébrez votre découverte.

Se remettant à mastiquer, le professeur tourna un regard pétillant de joie vers son autre invitée.

— Et vous, chère madame Mina, qui insistez pour que je lise aussi son journal! Ah! vous me faites espérer qu'il reste encore d'excellentes femmes pour rendre la vie heureuse. Chère Mina, vous avez le cerveau qu'un homme devrait avoir — et un cœur de femme.

Mina jouait avec sa nourriture, le cœur déchiré par un conflit dont elle n'osait parler. Elle s'efforça de répondre par un sourire à ce qui se voulait un compliment.

Van Helsing eut un petit rire, lécha à demi consciemment ses doigts sur lesquels avaient coulé un peu de jus de viande rouge, se rappela tardivement d'utiliser sa serviette. Son regard vif revint à Jonathan.

— Il y a une question qu'en qualité de médecin je dois vous poser.

— Allez-y.

— Pendant votre infidélité avec ces trois femmes démoniaques, avez-vous un seul instant goûté à leur sang?

Surpris, Harker baissa les yeux mais secoua aussitôt la tête sans hésiter.

— Non.

Van Helsing se détendit visiblement.

— Alors votre sang n'est pas infecté par le mal qui a tué la pauvre Lucy.

La nouvelle parut soulager Jonathan d'un poids énorme. Il se pencha en avant.

— Vous en êtes sûr, docteur?

Van Helsing hocha énergiquement la tête.

— Sinon, je ne vous le dirais pas.

Le poing de Harker s'abattit sur la table, fit tinter l'argenterie.

— Alors Dieu soit loué! J'ai douté de tout, même de moi-même, surtout de moi-même. J'étais paralysé de peur. Vous m'avez guéri.

Le professeur marmonna des propos apaisants avec un hochement de tête satisfait. Ses yeux, sur ses sourcils broussailleux, se tournèrent à nouveau vers Mina.

— Et vous, chère madame, guérie aussi?

La nouvelle Mrs. Harker tenta de dissimuler que la question la mettait très mal à l'aise.

— Guérie de quoi, docteur?

D'une voix calme, dépourvue de toute trace d'accusation, Van Helsing répondit :

— De ce qui s'est passé dans les pages soigneusement découpées de votre journal.

Mina lança au vieil homme un regard de défi. Jonathan, tout à son soulagement, ne semblait pas avoir entendu la question ou compris ses implications.

La jeune femme demeura silencieuse et, un moment, Van Helsing parut disposé à abandonner le sujet. Puis, sortant une vieille pièce d'or de nulle part, à la manière d'un prestidigitateur, il la jeta sur la nappe juste devant Mina. Lorsqu'elle leva les yeux du métal jaune pour regarder le professeur, il déclara :

— C'est votre mari qui me la donne. Il l'a trouvée, avec d'autres semblables, *là-bas*.

La pièce était tombée côté face sur le lin blanc, entre les taches de graisse et les miettes de pain, et Mina paraissait incapable d'arracher son regard au farouche profil du jeune noble qui y était gravé. En fait, elle y trouvait une ressemblance terrible, inacceptable.

Van Helsing, qui observait attentivement la réaction de la jeune femme, poursuivit :

— Le prince Dracula en personne. Mort il y a quatre cents ans, mais on n'a jamais retrouvé son corps.

Mina, qui fixait toujours la pièce d'or, fut tirée de sa contemplation quand le professeur fit tomber dans son assiette une tranche de viande si saignante que le centre en était quasiment cru.

— Vous grignotez, lui reprocha-t-il, plongeant son regard dans celui de la jeune femme. Mangez. Festoyez! Vous avez besoin de forces pour les jours sombres qui vous attendent.

Mina regarda son mari, qui mangeait de bon appétit. Il semblait plus robuste que jamais depuis leurs retrouvailles à Budapest. Croisant le regard de son épouse, il sourit, tendit la main et, après une hésitation presque imperceptible, la pressa. Agrippée à la main de son mari, Mina se tourna pour demander à Van Helsing :

– Dites-moi, docteur, comment Lucy est-elle morte ? Je veux dire, dans le caveau, bien après que son certificat de décès a été signé. Je sais la terrible vérité – le Dr Seward m'en a parlé – mais je ne connais pas les détails. Elle était ma meilleure amie, et cependant personne ne m'a raconté sa fin. A-t-elle beaucoup souffert ?

Avec une dureté délibérée, Van Helsing répondit :

– *Ja*, au début. Mais après que nous coupons sa tête et enfonçons un pieu dans son cœur, elle est en paix.

Mina eut un hoquet.

Harker, qui entendait pour la première fois les horribles détails de la libération de Lucy, se leva à demi et intervint d'une voix tremblante.

– Cela suffit, docteur.

Le vieil homme le regarda avec sympathie et reprit d'un ton quelque peu radouci :

– Cela suffit pour le moment, peut-être. Il faut que vous comprenez tous deux pourquoi nous devons trouver ce sinistre prince et lui faire la même chose. Et peut-être vous voyez pourquoi le temps manque.

Harker se laissa retomber sur sa chaise.

– Heureusement, je sais où dort ce monstre. Dans une des propriétés londoniennes que je l'ai aidé à acquérir – probablement Carfax.

– *Ja*, c'est ce que je découvre dans votre journal. A Carfax, le noir démon est voisin de Jack Seward !

Poussant assiettes et verres sur le côté, Van Helsing tendit le bras et réunit leurs mains au centre de la table.

– Nous devons trouver votre comte « non-mort », couper sa tête, percer son cœur pour que le monde est débarrassé de lui.

150

Mina pâlit mais ne dit rien; Van Helsing nota cette réaction, qui échappa en revanche au mari.

Harker tira alors de sa poche une liasse de documents.

– Nous savons que cinquante caisses de terre exactement ont été déchargées du *Demeter*, dit-il. J'ai déjà retrouvé certaines d'entre elles dans les neuf autres propriétés que le comte Dracula a achetées dans diverses parties de Londres. Nous – ou quelqu'un d'autre – devons nous rendre dans ces maisons et veiller à ce que les caisses soient détruites.

Le professeur, fouillant ses poches à la recherche de son étui à cigares, acquiesça de la tête.

– Les chers Quincey, Jack et Arthur sont encore avec nous. Ce sera fait.

– Mais le plus grand nombre de ces caisses, plus de trente, ont été envoyées à Carfax. Je présume qu'elles s'y trouvent encore.

Van Helsing hocha à nouveau la tête.

– Et pour cette raison, nous devons aller là. Dès que possible... A propos, il y a un article intéressant dans le journal du soir.

PALL MALL GAZETTE, 3 OCTOBRE
LE LOUP ÉCHAPPÉ
UNE PÉRILLEUSE INTERVIEW
DE NOTRE COLLABORATEUR

Après de nombreuses investigations et presque autant de refus, je réussis à dénicher le gardien du pavillon des loups. Thomas Bilder vit dans un des cottages situés dans l'enceinte du zoo, derrière les éléphants, et s'apprêtait à prendre le thé quand je l'ai découvert.

Une fois la table débarrassée, il alluma sa pipe et me dit :
« Maintenant, sir, vous pouvez y aller, posez-moi toutes les questions que vous voulez. Je sais où vous voulez en venir. Le loup, hein?

– Exactement. Je veux que vous me donniez votre opi-

nion : *la cause de cette affaire, et comment elle se termi-
nera, selon vous. Mr. Bilder, pouvez-vous expliquer l'évasion de ce loup?*

— *Je crois que je peux, patron. Mais je sais pas si mon
hypothèse vous satisfera.*

— *Je suis sûr que si. Si un homme tel que vous, qui
connaît bien les animaux, ne peut émettre une hypothèse
plausible, qui en est capable?*

— *Ben, alors, voilà, moi, j'explique ça comme ça. Le loup
s'est échappé... parce qu'il avait envie de faire un tour
dehors.* »

*A la façon dont Thomas et sa femme s'esclaffèrent, je
devinai que la plaisanterie avait déjà pas mal servi. Je lui
remettais le demi-souverain sur lequel nous nous étions mis
d'accord quand quelque chose cogna à la fenêtre, et le
visage de Mr. Bilder exprima la plus grande surprise.*

« *Dieu m'bénisse! s'écria-t-il. Voilà-t-y pas ce vieux Berserker qu'est revenu tout seul!* »

*Il alla à la porte, l'ouvrit — initiative tout à fait superf-
lue à mon goût. J'ai toujours pensé qu'un animal sauvage
n'est vraiment à sa place que lorsqu'une barrière d'une
durabilité prononcée nous sépare.*

*L'habitude a toutefois un pouvoir peu commun car ni Bil-
der ni son épouse ne faisaient plus de cas du loup que je
l'eusse fait d'un chien. Scène indescriptible de comédie et de
pathos : le maudit loup, qui pendant des semaines avait ter-
rorisé Londres et fait trembler dans leurs chaussures tous
les enfants de la ville, revenait la queue basse, en pénitent,
pour être reçu et dorloté tel un fils prodigue.*

*Après l'avoir examiné avec la plus tendre sollicitude, Bil-
der déclara : « Là, je savais bien qu'il se fourrerait dans le
pétrin, le pauvre vieux. Je l'ai pas toujours dit? Il a la tête
toute coupée, pleine de morceaux de verre. Il a dû sauter
par-dessus une saloperie de mur. Si c'est pas malheureux
de laisser les gens coller des tessons de bouteille en haut des
murs! Voilà ce qui arrive. Viens, Berserker.* »

Peu après le crépuscule, le jour même où les Harker

avaient dîné au *Berkeley* avec le professeur Van Helsing, un groupe comprenant cinq hommes et une femme s'était réuni dans le parc déserté de l'asile du Dr Seward. Au-dessus d'eux, des branches dénudées s'agitaient à la lumière d'une lanterne; des feuilles mortes craquaient sous leurs pieds. L'été semblait s'être enfui de ce lieu.

L'endroit où le groupe se trouvait était visible de la fenêtre de la cellule de Renfield, ainsi que du mur de pierre, haut mais facile à escalader, qui séparait l'asile de la propriété voisine de Carfax. D'où ils étaient, ils ne pouvaient voir la masse délabrée et sombre de la maison de Carfax, mais sa présence pesait, menaçante, dans l'esprit de chacun d'eux.

Harker, qui avait délaissé sa canne pour l'expédition de ce soir, tenait la main de Mina tandis que Van Helsing inspectait l'équipement que les autres emportaient. Les hommes, en vêtements de travail, s'étaient munis de haches et de pelles, de couteaux, de revolvers, de carabines, de torches et de lanternes sourdes. Van Helsing lui-même avait apporté deux de ces nouvelles lampes électriques portables alimentées par des piles lourdes et encombrantes.

En outre, le professeur avait distribué à chaque membre de l'expédition un collier d'ail et un crucifix.

Holmwood avait également amené trois chiens de chasse turbulents, des terriers qui gémissaient d'impatience en tirant sur leur laisse. Leur propriétaire fit observer que, dans un bâtiment aussi vieux que Carfax, les rats poseraient peut-être un problème.

Ayant passé en revue chaque article de l'équipement du groupe, Van Helsing exprima son approbation d'un hochement de tête, puis communiqua à voix basse ses dernières instructions :

– *Il* commande aux éléments – orage, brouillard, tonnerre. Il commande aux êtres inférieurs – chauves-souris, rongeurs, loups. Il doit reposer dans la terre sacrée de sa patrie pour acquérir ses pouvoirs maléfiques, et c'est dans cette terre que nous le détruirons.

» Mais souvenez-vous, si nous échouons, ce n'est pas seulement question de vie ou de mort. C'est question que nous devenons comme lui, en faisant nos proies des corps et des âmes de ceux que nous chérissons.

Quincey Morris, qui venait de charger son Navy Colt, referma l'arme avec un claquement métallique. Van Helsing lui jeta un coup d'œil.

— Mr. Morris, il a été démontré que vos balles ne lui font aucun mal. Il faut le démembrer. Je suggère que vous utilisez votre grand couteau.

Quincey leva les yeux.

— Par les feux de l'enfer, je ne comptais pas m'approcher de lui autant que ça, doc.

Van Helsing le regarda fixement puis, réaction nerveuse à une tension prolongée, éclata de rire. Son rire s'enfla, se transforma en un rugissement. Des larmes montèrent aux yeux du vieil homme. Ce fut au tour du Texan de le regarder fixement : il n'avait pas voulu plaisanter.

A quelques mètres de là, Renfield, agrippé aux barreaux de sa cellule, regardait et écoutait avec la concentration intense d'un aliéné. Doté d'une ouïe fine, il en avait assez entendu pour saisir le sens général de la conversation. Aucun des membres du groupe ne le remarqua ou ne jeta même un coup d'œil dans sa direction.

Jonathan Harker avait pris sa Mina bien-aimée à l'écart pour lui dire au revoir. A son tour, elle lui murmura son amour, sa détermination à lui être fidèle. Harker aurait dû s'étonner qu'elle lui parle tout à trac de fidélité, mais en fait il l'écoutait à peine. Les dents serrées, il marmonna :

— J'ai aidé ce démon à venir ici. Je dois maintenant le réexpédier en enfer.

Ces mots amenèrent sur le visage de la jeune femme une expression de tristesse. Depuis quelques jours, ses soupçons quant à l'identité de son prince s'étaient transformés en certitude.

— Je ressens presque de la pitié pour un être – une chose – aussi pourchassé que ce comte.

Son mari secoua la tête.

– Comment peux-tu accorder ta pitié à une telle créature? C'est moi qui l'ai fait venir ici, c'est moi qui dois le renvoyer là d'où il vient. Quand j'aurai accompli cette tâche, je ne te quitterai plus jamais.

L'expression de Harker se radoucit quand il embrassa sa femme avec amour et la confia au Dr Seward. L'aliéniste souhaita bonne chasse à ses compagnons, leur rappela qu'il avait l'intention de les rejoindre dès que ses devoirs le lui permettraient. Puis, pour une fois sans son escorte habituelle de robustes gardiens, il reconduisit Mina à l'intérieur de l'asile. Au premier étage, là où le médecin avait ses modestes quartiers, la gouvernante avait déjà préparé une chambre et un salon pour Mrs. Harker.

Après un dernier regard vers sa femme, Harker partit rejoindre Van Helsing, Quincey Morris et Arthur Holmwood dans la sinistre mission qu'ils s'étaient eux-mêmes assignée.

Voyant que la jeune femme s'apprêtait à entrer dans le bâtiment, Renfield surexcité, se précipita de la fenêtre à la porte de sa cellule, colla son visage aux barreaux pour tenter de l'apercevoir à nouveau. Si seulement elle passait par ce couloir...

Les vœux du dément furent exaucés. Moins d'une minute plus tard, Mina Harker, Jack Seward et deux gardes passaient devant la cellule de Renfield.

– Le Maître! s'écria le fou d'un ton presque joyeux. Je le sens! Il se nourrit de la jolie demoiselle.

Surprise, Mina s'arrêta et Renfield, ravi d'avoir attiré son attention, se pressa plus frénétiquement encore contre les barreaux de sa cellule.

– Vous êtes l'épouse que mon maître désire! s'écria-t-il.

Seward s'efforça d'entraîner la jeune femme mais elle résista et il dut lui aussi s'arrêter.

– Docteur Seward, qui est cet homme?

Le médecin soupira.

– Un de mes malades, naturellement – Mr. Renfield. Le

professeur Van Helsing le soupçonne d'être lié d'une façon ou d'une autre au comte.

— Renfield? L'ancien collègue de Jonathan?

— Je crains que oui.

— Alors, vous devez me laisser le voir.

Sourde aux objections du docteur, Mina fit quelques pas vers la cellule sans cesser de fixer le malade. Ayant renoncé à dissuader l'épouse de Jonathan, Seward l'accompagna pour la protéger.

— Renfield, tenez-vous correctement, ordonna-t-il. Voici Mrs. Harker.

Mina fut quelque peu rassurée en voyant mieux l'homme qui se trouvait derrière les barreaux. Il était, pour le moment du moins, calme et lucide. Il s'inclina même légèrement devant elle en lui disant bonsoir.

— Bonsoir, Mr. Renfield, répondit-elle, ignorant l'odeur et l'aspect de la cellule.

Renfield regarda la visiteuse dans les yeux et sa voix devint presque un murmure quand il répéta, l'air effrayé :

— Vous êtes l'épouse que mon maître désire.

Les joues de Mina s'empourprèrent.

— Vous vous trompez, j'ai un mari. Je suis Mrs. Harker.

L'homme emprisonné secoua la tête comme s'il se refusait à croire que cette femme pouvait avoir un mari ordinaire.

— Mon maître m'a parlé de vous.

— Que vous a-t-il dit?

Seward se tenait à proximité, prêt à intervenir. Sans même paraître remarquer sa présence, Renfield chuchota à Mina :

— Il vient... il vient pour vous.

Avec une fébrilité croissante, il fit signe à la jeune femme d'approcher.

— Mais ne restez pas ici. Éloignez-vous de tous ces hommes. Je prie Dieu de ne plus jamais revoir votre doux visage.

Il passa un bras à travers les barreaux avec un tel calme qu'elle le laissa lui prendre la main, la porter à ses lèvres et l'embrasser.

– Que Dieu vous bénisse et vous garde.

Troublée, fascinée, Mina ne trouvait rien à répondre. Tout à coup, Renfield saisit les barreaux à deux mains et frappa violemment le métal de la tête.

– Maître! Maître! vociféra-t-il. Vous m'avez promis la vie éternelle mais vous la donnez à cette femme!

Mina se laissa alors entraîner vers la suite qu'on lui avait préparée à l'étage, mais les cris frénétiques du dément la poursuivaient.

– Docteur Jack, je ne suis pas fou! Je suis un homme sain d'esprit qui lutte pour son âme!

En pénétrant dans sa chambre, Mina alla aussitôt à la fenêtre la plus proche, qui donnait sur Carfax. Par-dessus le mur de pierre, presque invisible derrière les branches nues des arbres, elle découvrit la lueur des torches et des lanternes de l'expédition dont son mari faisait partie.

Elle entendait à présent les coups sourds et répétés d'une hache, maniée par des bras robustes et fendant un bois épais.

Les hommes étaient animés d'une farouche résolution, et il n'y avait plus désormais le moindre doute dans l'esprit de la jeune femme quant à l'identité de celui qu'ils pourchassaient. L'ennemi mortel de Jonathan, c'était son prince, son amant. Une lutte sanglante semblait inévitable. Jonathan risquait d'être tué – par *lui*. Ou alors c'était *lui* qui mourrait de la main de Jonathan – et Mina Harker ne savait pas, n'aurait su dire, quelle issue serait la plus terrible.

15

Les vieilles et lourdes portes de Carfax avaient été munies
de serrures neuves, renforcées par des planches et barrées de
l'intérieur contre les intrus. C'était à coup sûr des portes
solides. Mais Harker et ses trois hardis compagnons,
maniant la hache et la barre de fer, ne tardèrent pas à forcer
l'entrée de la demeure vétuste qui, de l'extérieur, avait l'air
abandonnée.

En pénétrant dans le hall par-dessus les débris du premier
obstacle, ils découvrirent à la lumière de leurs torches électriques et de leurs lanternes que tout l'endroit était recouvert
d'une épaisse poussière. Les coins étaient tendus de toiles
d'araignée qui, brisées par le poids de la poussière accumu-
lée, ressemblaient à de vieux chiffons en lambeaux.

Le professeur s'arrêta pour contempler un moment les
lieux puis murmura à Harker, par-dessus son épaule :

— Vous connaissez cette maison, Jonathan, du moins,
mieux que nous. Vous l'avez photographiée, vous avez reco-
pié le plan.

Harker, qui tenait encore sa hache à deux mains, répondit :

— Comme je regrette amèrement d'y avoir jamais eu
affaire.

— *Ja.* Où est la chapelle ?

En silence, l'avoué prit une des lourdes lampes électriques
et fit signe aux autres de le suivre. Bien qu'il eût étudié à

nouveau le plan du rez-de-chaussée, la disposition des pièces dans la vaste maison était compliquée et le groupe se trompa de direction à deux reprises. Cependant, ils parvinrent bientôt, toujours sous la conduite de Jonathan, à une porte basse en bois de chêne renforcé de bandes de fer. Comme celle de l'entrée, elle se révéla fermée à clef et barrée, mais là encore, la hache de Harker fit office de passe-partout.

De l'autre côté apparut une grande salle avec de hautes voûtes gothiques. L'air y était rance. Il y flottait une odeur de terre et de miasmes, songea Harker. Mais personne ne prêtait attention pour le moment à de tels détails. Les lampes dont les chasseurs balayaient l'endroit révélèrent des rangées de caisses en forme de cercueil, et un compte rapide en établit le nombre à vingt-neuf.

Les quatre hommes se regardèrent. Point besoin d'énoncer le fait : s'ils ne parvenaient pas à trouver le comte en ce lieu et à le détruire, il faudrait chercher ailleurs – demain, et autant de jours que cela s'avérerait nécessaire – le reste des cinquante caisses.

Les mains sur le couvercle d'un des cercueils, Harker dit d'une voix chargée d'émotion :

– Je les ai vues dans le château du comte. Il était là... étendu dans l'une d'elles.

Van Helsing émit un grognement. Puis, pesant de sa masse considérable sur une barre de fer, il arracha le couvercle cloué d'une des caisses, regarda à l'intérieur, prit une poignée de la terre qui se trouvait dedans et la jeta de côté.

– C'est la terre sacrée de ses ancêtres, expliqua-t-il. Dracula doit reposer dedans. Détruisez les caisses, stérilisez leur contenu. Ne lui laissez aucun refuge. Que l'exorcisme commence !

Brandissant sa hache, Harker montra l'exemple. Il éventra les cercueils, brisa leurs couvercles, enfonçant le fer lourd avec des cris et des hoquets de rage. Sa colère et son énergie semblaient croître à mesure qu'il frappait.

Le professeur prit la flasque d'eau bénite accrochée à son cou et en aspergea la terre répandue en clamant :

– *In manus tuas, Domine!* « Dans tes mains, Seigneur. »

Pendant ce temps, Quincey Morris et Arthur Holmwood, équipés de gants épais, ouvraient les caisses et en renversaient le contenu moisi. Harker s'arrêta un moment pour reprendre haleine et essuyer la sueur qui, malgré la fraîcheur du lieu, coulait sur son front. Jusqu'ici, à sa grande déception, aucun des cercueils qu'ils avaient détruits ne renfermait le corps du vampire. Et si le monstre réussissait à leur échapper ?

Jamais ! Se plantant devant une autre caisse, il leva à nouveau sa hache.

– *In manus tuas, Domine...* psalmodiait Van Helsing, arrosant alternativement d'eau bénite et de miettes d'hostie consacrée les monticules de terre transylvanienne.

A l'asile, les hurlements de Renfield se poursuivaient comme s'ils ne cesseraient jamais. Mina, qui était presque au-dessus de lui, se bouchait les oreilles et priait en silence pour que la pauvre âme tourmentée trouve un peu de paix.

Avec un soupir de gratitude, elle se détentit : enfin sa prière avait été entendue.

Elle ignorait que le silence soudain de Renfield résultait de la brusque apparition de Dracula, sous sa forme humaine, à la fenêtre de la cellule. L'ancien clerc d'avoué, enfin en présence de celui qu'il avait si longtemps vénéré, demeura un moment frappé de mutisme. Puis, accroché aux barreaux, il murmura d'un ton servile à la mince silhouette sombre :

– Maître, maître... Oui, maître... Que ta volonté soit faite.

Renfield s'interrompit soudain. Il lui semblait que, de l'extérieur, la forme lui communiquait son désir sans l'aide de mots. Dès que le prisonnier l'eut compris, il s'empressa de le satisfaire, en exprimant l'invitation nécessaire pour que le vampire puisse pénétrer dans la cellule.

– Entre, seigneur et maître, murmura Renfield.

La silhouette inclina la tête en guise de réponse. Au lieu de se mouvoir à la façon des humains, elle prit un aspect immatériel et ne redevint opaque qu'après s'être insinuée à travers les barreaux.

Une fois à l'intérieur de la cellule, le prince recouvra une forme humaine. Campé au centre de l'espace exigu, il regarda froidement son disciple et lui lança :

— Renfield, tu m'as trahi.

L'aliéné eut un gloussement nerveux.

— J'ai essayé de la prévenir, mais elle n'a pas voulu m'écouter !

Dracula continua à le fixer.

Renfield était incapable de soutenir le regard du maître longtemps attendu, mais ses yeux brillaient d'un éclat menaçant.

— Il faut l'épargner, bredouilla-t-il. Vous ne pouvez pas l'avoir.

Dracula lui tourna le dos sans daigner lui répondre et s'apprêtait à quitter la cellule en passant à travers les barreaux de la porte quand Renfield, en dément qu'il était, se jeta sur le vampire.

Après avoir installé Mina dans ses quartiers temporaires et veillé du mieux qu'il pût à sa sécurité et à son confort, Seward était redescendu au rez-de-chaussée. Un de ses assistants lui avait fait son rapport et le médecin avait été satisfait d'apprendre qu'aucun de ses malades ne réclamait son attention dans l'immédiat.

Muni de gros gants et d'une lanterne, le docteur dit un dernier mot à son assistant, sortit du bâtiment par une des portes de derrière et traversa d'un pas vif le parc de l'asile en faisant bruisser les feuilles mortes. Il avait l'intention de passer lui aussi par-dessus le mur de Carfax pour rejoindre ses compagnons, et partager les dangers qu'ils affrontaient ou les succès qu'ils remportaient, peut-être dans l'accomplissement de leur œuvre de destruction.

Découvrant d'abord la porte démolie et se guidant ensuite au bruit des coups de hache ainsi qu'à la lueur des lanternes, Seward n'eut aucune peine à retrouver ses quatre amis. Il venait de les rejoindre dans la chapelle quand Quincey Morris fit brusquement un pas en arrière dans le coin de la pièce qu'il examinait.

Aussitôt après, il se forma dans ce coin ce que Harker qualifia plus tard dans son journal intime de « masse phosphorescente, scintillant comme des étoiles ». Les points brillants étaient autant de petits yeux, reflétant les faisceaux des lampes.

Les cinq hommes se reculèrent : la chapelle grouillait de rats.

Interrompant son aspersion, Van Helsing s'écria :

— C'est *son* œuvre! Arthur, vos chiens! Appelez-les!

Holmwood porta à ses lèvres le sifflet d'argent accroché à son cou par une lanière, souffla. Ses trois terriers, qui satisfaisaient leur curiosité en explorant d'autres pièces de la vieille maison, accoururent aussitôt dans la chapelle abandonnée, grognant et montrant les dents dans leur impatience à en découdre.

Arthur souffla à nouveau dans son sifflet, sans que ce fût nécessaire. Habitués à ce gibier, les chiens utilisaient tous la même technique, rapide et efficace, pour tuer : saisir le rat par le cou ou par l'échine, le soulever du sol. Un bon coup de dent, assorti d'un vigoureux mouvement de la tête pour assurer que la colonne vertébrale était rompue, et la victime était rejetée sans vie sur le côté pour être aussitôt remplacée par une autre. Curieusement, les chiens ratiers se font eux-mêmes rarement mordre par l'ennemi.

Le sol, où déjà la poussière s'accumulait depuis des décennies, voire des siècles, fut rapidement jonché de rats morts. Pourtant les rongeurs, de plus en plus nombreux, continuèrent à envahir la chapelle jusqu'à ce que la lumière des lampes, éclairant leurs corps noirs en mouvement, leurs yeux luisants, fit ressembler l'endroit à une levée de terre piquée de lucioles.

Les chiens avaient déjà tué des dizaines de rats mais ceux-ci continuaient à affluer, toujours plus nombreux. A l'arrivée de Seward, les chasseurs s'apprêtaient à mettre le feu à un bûcher grossier constitué de débris de caisse empilés. Ce plan dut être remis puisqu'ils devaient maintenant se défendre contre ce qui semblait être un assaut délibéré. Les rongeurs aux dents pointues surgissaient des recoins sombres du bâtiment, de la terre et de la nuit elle-même, pour submerger les intrus.

Maudissant les bêtes immondes porteuses de maladies, les hommes les faisaient tomber avec dégoût de leurs manches de veste, de leurs jambes de pantalon ; ils tiraient sur elles avec la Winchester et le Colt, les frappaient avec pelles, haches et barres de fer.

Van Helsing les aspergea d'eau bénite puis essaya l'huile de houille qu'il avait emportée pour attiser éventuellement un feu, et la trouva tout aussi efficace.

Après avoir repéré une voie de sortie pour eux-mêmes et leurs féroces alliés canins, les hommes mirent le feu aux débris de caisse empilés puis, saisissant leurs outils et leurs armes, ils abritèrent leur visage du brasier qui s'éleva soudain et battirent en retraite en bon ordre.

A l'asile, Dracula prit aisément le dessus sur le grassouillet Renfield. Dans sa fureur, le prince le souleva du sol et le projeta plusieurs fois contre les barreaux de la porte.

Après une brève pause consacrée à observer le résultat, Dracula poursuivit son chemin – à travers ces mêmes barreaux. Il circulait maintenant librement à l'intérieur du bâtiment.

Renfield, respirant encore mais mortellement blessé, gisait là où Dracula l'avait jeté, écroulé contre les barreaux. La douleur, l'engourdissement et la paralysie de diverses parties de son corps lui firent prendre conscience qu'il avait été gravement touché. Faiblement, comme à travers la brume de son propre sang, il pouvait voir et entendre des gardiens qui se précipitaient vers sa cellule pour s'enquérir des causes de ce vacarme.

– Le salut pour elle, c'est l'anéantissement pour lui, murmura-t-il. Et je suis libre...

En prononçant ces mots, Renfield comprit qu'il était en train de mourir et eut l'impression que ce serait une agonie terrible, qui durerait éternellement.

16

Mina ignorait tout autant ce qui se passait dans la cellule de Renfield que les événements qui se déroulaient à Carfax. Une fois que Jonathan et ses compagnons eurent pénétré dans la vieille bâtisse, la jeune femme ne vit même plus, de sa fenêtre de l'asile, la lueur indirecte de leurs lampes.

Chaque fois qu'elle fermait les yeux, cependant, son imagination lui montrait des scènes horribles. En ce moment même, son prince connaissait peut-être le sort de Lucy – la décapitation et le pieu. Ou alors son mari succombait à cette terreur qui l'avait déjà anéanti, le laissant tremblant et vieilli avant l'âge.

Si Van Helsing et les autres avaient raison, si le prince était vraiment là... mais Mina n'avait aucun moyen de savoir où il était. Elle n'avait pas la moindre idée de ce qu'il était devenu quand il avait disparu dans la foule, à Londres.

Si seulement elle pouvait *savoir*...

La jeune femme se leva, quitta son poste d'observation à la fenêtre du salon et passa dans la chambre où, sans même se déshabiller, elle se jeta sur le lit en se promettant de reprendre son observation après quelques minutes de repos.

Mina Harker dormait profondément quand les premières lueurs de l'incendie de Carfax apparurent à la fenêtre.

Elle dormait d'un sommeil lourd, troublé par des rêves étranges.

Dans le plus étrange de ces rêves, le prince, son amant secret, incomparable, l'homme dont la destinée semblait unie à la sienne de toute éternité, le prince lui-même se retrouvait auprès d'elle, dans ce lit, dans cette chambre inconnue au premier étage de l'asile du Dr Jack.

Et, dans le tréfonds de son rêve, il lui paraissait naturel que cet homme, celui qu'elle aimait vraiment, fût étendu à côté d'elle et l'enlaçât, comme si c'était lui et non Jonathan qu'elle avait épousé.

Dans son sommeil, elle murmurait :

– Oh! mon amour... oui... tu m'as trouvée.

Sa voix, quand il parla, lui parut encore plus douce que dans son souvenir.

– Mina... ma vie...

Dans la merveilleuse liberté du monde des rêves, Mina, libérée de tout conflit, connaissait un bonheur suprême.

Elle lui répondit :

– J'ai voulu que cela arrive. Je le sais à présent : je veux rester éternellement auprès de toi...

Mina Harker se réveilla en sursaut. *Ce n'était pas un rêve.* Ou plutôt, c'était un rêve devenu réalité. Avec un hoquet de stupeur, elle se redressa. La présence du prince, son amant, dans l'obscurité de la chambre était aussi réelle que lors de leurs autres rencontres. Allongé près d'elle, il chuchota :

– Donne-m'en l'ordre et je te quitterai. Mais plus aucun mortel ne se tiendra jamais entre nous. M'ordonnes-tu de partir?

– Non, non. Je le devrais mais je ne puis. J'avais tellement peur de ne plus sentir ta caresse. J'avais peur que tu sois mort... Mais tu n'es pas – tu ne peux être – un homme ordinaire.

En réponse, le prince se redressa à son tour, prit la main de Mina et la posa sur son sein.

– Ton cœur bat, dit-il. (Puis il fit glisser la main jusqu'à sa propre poitrine.) Mais là...

Elle réagit par un silence horrifié à ce qu'elle sentit, ou

plutôt, à ce qu'elle ne sentit pas. Il n'y avait pas de battement de cœur.

— Ce corps est dépourvu de vie, déclara-t-il avec gravité.

Mina se recula involontairement.

— Mais tu vis. Qui es-tu? Je dois savoir. Tu dois me le dire.

— Supporterais-tu de le savoir?

— Il le faut. C'est de rester dans l'ignorance que je ne supporterais pas.

— Très bien. On dit que je suis sans vie, sans âme. Je suis haï, et craint. J'ai traversé des océans de temps et commis des actes innommables pour garder quelque prise sur la vie jusqu'à ce que je te retrouve.

— Non!

— Si, poursuivit-il, implacable. Je suis le monstre que ceux qui vivent veulent tuer. Je suis Dracula.

Dans le long silence qui suivit, Mina demeura assise, serrant la courtepointe autour de ses épaules comme s'il faisait un froid glacial.

— Alors, le vieil homme a raison, finit-elle par murmurer. C'est ce que je redoutais. C'est toi qui as retenu Jonathan prisonnier. Et c'est toi qui as fait de la pauvre Lucy — ce qu'elle est devenue.

Dracula hocha lentement la tête.

— J'avoue ces actes cruels — et pis encore.

— Non...

— Si! Sans toi, sans la vie, l'amour que tu me donnes, je suis mort à toute humanité. Sans toi, je ne suis qu'une bête qui se repaît de sang humain!

A ces mots, Mina se révolta et frappa de ses poings son amant dans un accès de colère impuissante. Dracula se contenta de détourner la tête. Mais l'instant d'après, elle le prit dans ses bras et s'agrippa à lui désespérément, telle une femme qui se noie.

— Mon Dieu, pardonne-moi! Je t'aime! Je t'aime!

Elle le tint doucement contre elle, caressa ses longs cheveux noirs, et le visage que Dracula tourna à nouveau vers elle reflétait un amour tendre et éternel.

Au même moment, dans la cellule de Renfield, un gardien faisait entrer Seward et Van Helsing dans la petite pièce à barreaux où le malade gisait, le corps brisé, dans une flaque de sang.

Les deux médecins, épuisés par leur nuit de lutte à Carfax, étaient couverts de poussière et de terre, leurs vêtements imprégnés d'odeurs de pourriture, de rat et de fumée.

En pénétrant dans la cellule, Seward réclama aussitôt plus de lumière et s'agenouilla pour palper avec des mains expérimentées le corps allongé sur le sol. A ce contact, Renfield poussa un faible gémissement.

— Le dos brisé, peut-être, diagnostiqua Seward d'un air sombre au bout de quelques minutes. Et à coup sûr plusieurs fractures du crâne. Je ne vois pas comment il aurait pu se faire cela lui-même. Une fracture, peut-être; pas toutes.

Van Helsing, un genou par terre, se joignit à l'examen.

— Pauvre diable, murmura-t-il. Nous devons tenter la trépanation — soulager la pression intracrânienne. Vite! C'est notre seul espoir de pouvoir lui parler.

Les lampes réclamées arrivèrent, portées par des gardiens silencieux. Seward envoya l'un d'eux chercher des instruments chirurgicaux.

Le corps lourd de Renfield fut allongé sur le lit étroit où il dormait d'habitude. De la mallette qu'on lui avait apportée, Seward sortit un trépan, instrument qui ressemblait un peu à un vilebrequin. Un assistant approcha une lampe, Van Helsing soutint la tête de Renfield. A l'aide d'un petit bistouri, Seward fit une incision, rabattit un carré de cuir chevelu. Il prit ensuite le trépan et entreprit de forer un trou de deux centimètres de diamètre dans le crâne du blessé inconscient.

La mèche crissait en mordant l'os; le sang coulait abondamment du cuir chevelu de Renfield, trempait les vêtements de Van Helsing. Le professeur maintenait fermement la tête du blessé pour prévenir tout mouvement convulsif qui serait instantanément fatal.

Au bout de quelques secondes, les efforts de Seward furent récompensés quand un disque d'os, d'une blancheur étonnante à la lumière de la lampe, se détacha. La pression interne fut soulagée par un autre flot de sang.

Le corps du malade eut un spasme et Seward crut un instant qu'il était mort. Mais les yeux de Renfield s'ouvrirent, et les deux médecins se penchèrent pour l'écouter. Ses premiers mots furent.

— Je serai calme, docteur. Dites-leur de m'enlever la camisole. J'ai fait un rêve terrible, qui m'a laissé dans un tel état de faiblesse que je suis incapable de bouger. Mon visage, qu'est-ce qu'il a? On dirait qu'il est tout gonflé.

D'une voix grave, le professeur demanda :

— Racontez-nous votre rêve, Mr. Renfield.

— Docteur Van Helsing, comme c'est aimable à vous d'être ici. Où sont mes lunettes? Il m'avait promis... la vie éternelle.

— Qui? fit Seward.

Renfield n'eut pas l'air de l'entendre.

— Mais... cela me rendait furieux de penser qu'il avait vidé cette jeune femme de sa vie. Alors, quand il est venu à ma fenêtre, ce soir, j'étais prêt... Jusqu'à ce que je voie ses yeux.

La voix de l'agonisant se fit plus faible, sa respiration plus stertoreuse.

— Ils me brûlaient, ils me vrillaient, et ma volonté s'est liquéfiée...

Les yeux de Renfield se refermèrent; sa vie parut suspendue à un fil. Van Helsing ordonna à l'un des gardiens d'aller chercher du brandy. Perdant le contrôle de ses nerfs, Seward secoua le corps sans défense.

— De quelle jeune femme parlez-vous? Dites-le-moi!

Renfield rouvrit les yeux, pour la dernière fois peut-être. Manifestement, ses forces déclinaient et il ne put prononcer que quelques mots.

— Van Helsing... vous et vos théories idiotes. J'avais prévenu le docteur Jack. Le Maître est ici, il se repaît de cette jolie femme. Elle est son épouse... Le détruire, c'est la sauver... et je suis... *je suis libre*!

Avec un dernier spasme, il mourut.

En haut, dans la suite, Mina et Dracula faisaient tendrement l'amour. Ôtant les vêtements qui les gênaient, elle lui murmura avec douceur :

— Personne ne se mettra jamais entre nous. Je veux être ce que tu es, voir ce que tu vois, aimer ce que tu aimes...

— Mina — si tu veux partir avec moi, tu dois mourir à ce monde qui respire et renaître au mien.

— Oui, je le veux. Oui...

Elle donna son consentement avec flamme mais sans comprendre vraiment ce que ces mots impliquaient. Elle était prête à tout pour être avec lui.

Dracula caressa ses cheveux, la fermeté lisse de son dos, de ses épaules.

— Tu es mon amour, et ma vie, dit-il. Pour toujours.

Doucement, il exposa le cou, embrassa la gorge.

Mina gémit, eut une petite grimace de douleur quand les dents s'enfoncèrent dans ses veines. La souffrance augmenta, se transforma en plaisir.

Abandonnant le cou de la jeune femme — ce qui arracha à Mina un gémissement déçu, Dracula s'assit dans le lit et, de l'ongle tranchant de son pouce, ouvrit une veine près de son propre cœur. Mina entendait à présent la voix de son bien-aimé qui lui murmurait :

— ...et nous serons une seule chair... chair de ma chair... sang de mon sang...

Avec une plainte passionnée, il pressa la tête soumise de la jeune femme contre sa poitrine.

— Bois, et rejoins-moi dans la vie éternelle!

Elle avala le sang, faillit se pâmer quand la vie de son amant coula en elle. Soudain, alors qu'elle était au comble de l'extase, le prince tressaillit et la repoussa.

— Qu'y a-t-il? fit-elle d'une voix rauque.

— Je ne peux pas faire ça!

– Je t'en prie! s'écria-t-elle. Cela m'est égal. Fais-moi tienne! Arrache-moi à toute cette mort!

Mais le prince était devenu amer et lointain.

– J'ai menti, dit-il. A toi, à moi-même. Donner la vie éternelle n'est pas en mon pouvoir. La vérité, c'est que tu seras condamnée, comme moi, à marcher dans l'ombre de la mort éternelle. Je t'aime trop pour t'infliger cela!

– Et je t'aime aussi, répondit Mina, avant de presser à nouveau ses lèvres contre la poitrine de son amant.

A ce moment, la porte de la chambre s'ouvrit brusquement, encadrant Van Helsing et les quatre autres, tous rentrés de Carfax. Entraîné par son élan, le professeur tomba en fait dans la pièce à quatre pattes et se releva péniblement.

Les lampes que brandissaient plusieurs des intrus, la lumière du couloir, derrière eux, éclairèrent le couple enlacé sur le lit. Les quatre hommes se figèrent sur le seuil – Van Helsing toujours un genou par terre –, fascinés par la vue de Mina dévêtue, le sang de Dracula maculant sa bouche, la tête immobilisée dans l'acte même de boire aux veines du vampire.

Un long moment, ce fut le silence. Puis Harker, du fond d'un puits de désolation et de désespoir, cria le nom de sa femme.

Elle se recroquevilla sur elle-même, tirant la couverture dans un effort instinctif pour dissimuler sa honte.

Au même instant, son amant illégitime subit une transformation physique accompagnée de convulsions. Ce fut sous une forme répugnante, entre l'homme et la chauve-souris, que Dracula, grondant de rage, s'élança vers le plafond haut et piqua pour affronter ses persécuteurs.

Dans la pièce éclairée à présent par les flammes qui dévoraient Carfax, les hommes l'attaquèrent sauvagement avec leurs armes.

Dracula, se déplaçant à une vitesse incroyable, arracha un sabre à l'un de ses assaillants, le saisit d'une main qui était presque une patte, et feinta et riposta avec une force, une agilité et une rapidité surhumaines.

A deux reprises au cours de ces brèves mais apparemment interminables secondes de violence, il eut l'occasion de tuer l'un de ses adversaires – Seward d'abord, Quincey Morris ensuite – mais chaque fois Mina poussa un cri et leur vie fut épargnée.

Van Helsing, délaissant les armes pour un crucifix, s'avança vers le vampire et s'écria :

– Ta guerre contre Dieu est terminée. Tu dois expier pour tes crimes.

D'un geste dédaigneux, Dracula jeta son sabre. Une voix sifflante mais compréhensible sortit de sa gorge déformée.

– Jeune imbécile! Tu veux m'anéantir avec la croix? Je l'ai servie des siècles avant ta naissance!

L'index du vampire tendit son ongle pointu vers Mina. Ses yeux bestiaux, d'un rouge luisant, défièrent tour à tour chacun des hommes.

– *Elle* est maintenant ma chair, mon sang, ma femme! Je vous avertis, je combattrai pour elle. Mes armées livreront bataille, mes créatures répondront à mes ordres...

– Laisse-la à Dieu, lui enjoignit le vieillard. Tes armées sont écrasées; nous avons affronté tes bêtes et nous ne les craignons pas. Maintenant, tu dois payer pour tes crimes.

Sifflant à nouveau, Dracula frappa le sol d'un pied griffu et la croix s'embrasa. Van Helsing la lâcha. De son autre main, il arrosa le vampire d'eau bénite qui, en touchant la chair monstrueuse, fuma et bouillonna comme de l'acide. Dracula recula avec un hurlement. Tout en battant en retraite, il jeta un dernier regard plein d'amour à Mina.

Au moment où les hommes armés se ruaient à nouveau sur lui, il se changea sous leurs yeux en une colonne de rats haute comme un homme qui couina d'une centaine de voix inhumaines et s'effondra en un tas velu, lequel s'aplatit aussitôt, devint un tapis noir qui, en quelques secondes, disparut de la pièce par toutes les issues possibles.

Le silence se fit. L'ennemi s'était enfui, il avait échappé à ses chasseurs. Les armes des hommes pendaient, inutiles, au bout de leur bras, et ils se regardaient l'un l'autre avec le sentiment d'horreur que suscite une ultime défaite.

Mina, toujours recroquevillée sur le lit, tentait de couvrir sa honte avec des draps ensanglantés.

– Souillée, sanglota-t-elle en s'effondrant. Souillée.

17

Au lever du soleil, l'hystérie de Mina avait cessé, au grand soulagement des hommes qui se tenaient encore prêts à mourir pour la défendre. Toutes les traces des événements horribles de la veille avaient été effacées quelques minutes à peine après qu'ils s'étaient produits. Un personnel habitué aux urgences médicales quelle que fût l'heure avait apporté avec promptitude des draps et une couverture propres. Mina avait même un peu dormi et, à l'aube, semblait se remettre tout au moins des effets à court terme, des moments d'épouvante qu'elle avait passés. Sur ce point, les Dr Seward et Van Helsing s'accordaient.

Ni la jeune femme ni les hommes qui l'entouraient n'avaient encore discuté véritablement des effets à long terme que ses rapports intimes avec le vampire laissaient présager. Tous les hommes présumaient que cette intimité, dont ils avaient été témoins, avait été imposée à la malheureuse jeune femme par le vampire, et elle n'avait rien dit pour les détromper.

Le choc avait été au moins aussi fort, semblait-il, pour Harker que pour son épouse, et, dans le cas du mari, il était encore plus difficile – aux yeux de Seward, tout au moins – d'estimer dans quelle mesure il s'en était remis. Depuis qu'il avait découvert sa femme dans les bras du vampire, Harker avait observé une attitude stoïque. Avait-il dormi ou non? Difficile à dire. Il parlait peu, y compris à son épouse, et ses yeux avaient une expression lointaine. Ses narines frémissaient fréquemment tandis que sa bouche demeurait hermétiquement close.

Le jeune avoué n'avait soudain plus rien de jeune. En quelques heures, son visage était devenu jaunâtre, creusé de rides, et Seward aurait juré que ses cheveux étaient déjà gris à la racine. Sans commentaires ni explications, le mari outragé avait échangé sa canne contre un grand poignard incurvé, arme indienne faisant partie de l'arsenal des chasseurs de gros gibiers. Il l'emportait partout avec lui, l'affûtait et en éprouvait sans cesse le tranchant.

Les Harker continuaient à occuper la suite mise à la disposition de Mina au premier étage de l'asile. Il restait assez de chambres vacantes pour accueillir le reste du groupe, et, par commodité autant que par solidarité, lord Godalming (toujours Arthur Holmwood pour ses amis), Van Helsing et Quincey Morris s'y étaient déjà installés ou projetaient de le faire dans la journée.

Tous, hormis Harker, avaient réussi à dormir quelques heures d'un sommeil agité. Personne ne pouvait se permettre davantage étant donné l'urgence de la situation. Van Helsing avait entrepris d'organiser une expédition contre les autres propriétés de Dracula dans la capitale. L'une d'elles, aux yeux du professeur, revêtait une importance tactique particulière.

– Selon toute probabilité, déclara-t-il à ses compagnons dans le bureau de Seward, devant une carte fixée au mur, la clef du problème se trouve dans cette maison de Piccadilly. Le comte a des actes de vente, des clefs, des vêtements, etc., qu'il doit bien garder quelque part. Pourquoi pas dans cet endroit si central, si tranquille, où il entre et sort à toutes les heures par-devant par-derrière, où personne ne le remarque dans la cohue ?

– Alors, allons-y immédiatement ! s'exclama Harker. Nous perdons un temps précieux.

Le professeur ne bougea pas.

– Et comment nous entrons dans cette maison de Piccadilly?

– N'importe comment! Par effraction, au besoin!

– Et votre police? Où ils sont et qu'est-ce ils disent?

Ce fut Seward, considérant la chose sous un angle pratique, qui suggéra d'attendre une heure normale et de faire appel à un serrurier. Harker, agitant le grand couteau qu'il avait adopté, répondit d'un ton pressant:

– Alors, au nom du ciel, partons tout de suite, car nous perdons du temps. Le comte se rendra peut-être à Piccadilly plus tôt que nous le pensons.

– Faux! répliqua Van Helsing en levant une main.

– Pourquoi?

– Vous oubliez, expliqua-t-il avec un sourire, qu'il a fait la bombance, hier soir, et qu'il dormira tard...

Mina, venue dans la pièce pour écouter les hommes dresser leurs plans, lutta pour garder son calme, mais la souffrance eut raison d'elle et, cachant son visage dans ses mains, elle frissonna. Seward était sûr que Van Helsing n'avait pas eu l'intention de rappeler à la jeune femme les épouvantables moments qu'elle venait de vivre. Tout à ses réflexions, il avait rapidement oublié la présence de Mina et son rôle dans l'affaire. Lorsqu'il prit conscience de ce qu'il avait dit, le professeur fut horrifié par son étourderie et tenta de la réconforter:

– Oh! madame Mina! Chère, chère, madame Mina, comment je peux, moi qui ai tant de révérence pour vous, avoir dit une chose pareille? Mes vieilles lèvres, ma vieille tête stupide ne le méritent pas, mais vous leur pardonnerez, n'est-ce pas? Vous oublierez?

Elle lui prit la main, le regarda à travers ses larmes et dit d'une voix rauque:

– Non, je n'oublierai pas, car il est bon que je me souvienne. Allez, vous devez bientôt partir, tous.

Ayant fait appel à ses réserves de volonté, elle avait manifestement recouvré son empire sur elle-même et sur la situation – pour le moment.

– Le petit déjeuner est prêt. Il faut manger pour prendre des forces.

Le milieu de la matinée trouva Seward, Quincey Morris, lord Godalming, Harker et Van Helsing au cœur de Londres. Dans le train, Holmwood avait dit à ses compagnons :

– Quincey et moi chercherons un serrurier. Jonathan, vous auriez mieux fait de ne pas nous accompagner, au cas où il y aurait des difficultés. Étant donné les circonstances, on nous pardonnerait peut-être de pénétrer par effraction dans une maison vide. Mais vu votre profession, la chambre des avoués vous désavouerait sans doute.

Harker, enveloppé dans une cape pour cacher le fourreau du grand couteau qu'il portait à la ceinture, répondit qu'il tenait à partager tous les dangers et toutes les épreuves. Lord Godalming secoua la tête.

– En outre, nous attirerons moins l'attention si nous ne sommes pas trop nombreux. Mon titre impressionnera le serrurier, et tout policier qui surviendrait. Vous feriez mieux d'aller attendre dans Green Park avec Jack et le professeur, quelque part d'où l'on voit la maison.

– Le conseil est bon! estima Van Helsing, et l'on procéda ainsi.

Au coin d'Arlington Street et de Piccadilly, Van Helsing, Harker et Seward descendirent de leur fiacre et pénétrèrent d'un pas de promeneur dans Green Park. Le temps était gris, mais sec et doux.

D'un geste, Harker désigna à ses compagnons la maison sur laquelle ils fondaient leurs espoirs. Au 347 Piccadilly, l'édifice se dressait, sinistre et silencieux, dans un état d'abandon avancé, entre des voisins plus pimpants. Les trois hommes s'assirent sur un banc en face de la propriété, allumèrent des cigares.

Les minutes semblaient passer avec des semelles de plomb.

Finalement, ils virent un fiacre s'arrêter devant la maison. Lord Godalming et Morris en sortirent avec nonchalance, tandis qu'un ouvrier lourdement charpenté descendait du siège situé à côté du cocher, une caisse d'osier à la main. Morris régla le cocher, qui porta la main à son chapeau et repartit, cependant que lord Godalming expliquait au serrurier ce qu'il attendait de lui.

L'homme ôta sa veste sans se presser, l'accrocha à l'une des piques de la grille proche de l'entrée, dit quelques mots à un policier qui déambulait à proximité. Le policier acquiesça de la tête ; le serrurier posa sa boîte par terre, s'agenouilla et en tira plusieurs outils. Puis il alla examiner le trou de serrure, souffla dedans, se retourna vers ceux qui l'avaient embauché et leur fit une remarque.

Lord Godalming sourit, l'homme prit un trousseau de clefs de bonne taille, en choisit une, l'introduisit dans la serrure. Après quelques tâtonnements, il en essaya une deuxième, puis une troisième. Tout à coup la porte s'ouvrit sous une légère poussée de l'artisan, qui précéda les deux autres dans le hall.

Dans le parc, Harker tirait furieusement sur son cigare tandis que Van Helsing demeurait tout à fait immobile. Ils virent le serrurier, maintenant la porte ouverte entre ses genoux, choisir une clef allant avec la serrure, la remettre à lord Godalming qui sortit son portefeuille et lui donna quelque chose. L'homme souleva sa casquette, ramassa ses outils, récupéra sa veste et partit. Nul, hormis les trois hommes du parc, n'avait prêté la moindre attention à l'effraction qui venait d'être commise.

Dès le départ du serrurier, Harker, Seward et Van Helsing traversèrent la rue et frappèrent à la porte. Quincey Morris les fit aussitôt entrer. Il fumait lui aussi un cigare parce que, expliqua-t-il, « l'endroit empestait ».

Restant groupés en cas d'attaque, les cinq hommes entreprirent d'explorer la maison. Dans la salle à manger, qui se trouvait au-delà du hall, ils découvrirent huit caisses de terre. A l'aide des outils qu'ils avaient apportés, ils les ouvrirent une à une et leur firent subir un traitement tel qu'elles ne puissent plus servir de refuge au comte.

Sur la grande table, il y avait un petit tas de clefs, de toutes sortes et de toutes tailles – et l'on pouvait supposer qu'elles correspondaient aux portes des autres maisons de Dracula à Londres.

Lord Godalming et Quincey Morris, après en avoir relevé dans les dossiers de Harker les diverses adresses, prirent les clefs et partirent détruire les caisses de terre qui pourraient s'y trouver.

Les trois autres commencèrent à attendre, aussi patiemment qu'ils le pouvaient, le retour du comte, assis précautionneusement au bord de chaises poussiéreuses, ou faisant les cent pas dans les pièces désertes.

Le temps leur paraissait terriblement long. Seward, qui observait Harker, fut à nouveau frappé par le changement survenu chez l'avoué. La veille, le mari de Mina était un homme heureux au visage jeune, plein de vie. C'était à présent un homme usé, hagard, dont les cheveux grisonnants s'accordaient avec les yeux brûlants, enfoncés dans leurs orbites, et les rides précoces dues au chagrin. Son énergie demeurait cependant intacte, et le médecin ne put s'empêcher de le comparer à une torche.

Peu après deux heures, Holmwood et Morris revinrent à la maison de Piccadilly pour annoncer le succès de leur mission dans l'East End et ailleurs. Au total, Dracula était maintenant privé de quarante-neuf de ses cinquante cercueils.

Que faire à présent?

Quincey Morris livra son opinion :

– Il n'y a rien d'autre à faire qu'attendre ici. Si toutefois à cinq heures, il ne s'est pas montré, nous devrons partir, car nous ne pouvons laisser Mrs. Harker seule après le coucher du soleil.

Van Helsing commençait à souligner la nécessité d'un plan d'attaque concerté quand il s'interrompit et leva une main en guise d'avertissement.

Les quatre autres entendirent le bruit d'une clef glissée doucement dans la serrure de la porte d'entrée. Inspectant rapidement la pièce du regard, Quincey Morris décida immédiatement d'un plan d'attaque et, sans prononcer un mot, indiqua à chacun sa position. Van Helsing, Harker et Seward se postèrent derrière la porte; Godalming et Quincey se tinrent prêts à se placer devant la fenêtre au cas où leur ennemi tenterait de fuir par cette voie.

Ils attendirent dans un suspense qui faisait s'écouler les secondes avec une lenteur cauchemardesque.

On entendit dans le hall des pas prudents et lents : le comte s'attendait à une surprise – ou du moins il en craignait une.

Soudain il bondit dans la pièce, passant entre ses ennemis avant qu'aucun d'entre eux n'ait pu lever la main pour l'arrêter. En les découvrant, le comte eut un horrible rictus qui dénuda des canines longues et pointues, mais le sourire hideux se transforma bientôt en grimace dédaigneuse et froide.

Harker, qui avait dégainé son grand couteau, porta un coup puissant et soudain, auquel le comte échappa par un saut en arrière d'une rapidité diabolique.

Crucifix et hostie dans la main gauche, Seward s'avança pour protéger son ami. Il sentit une force courir le long de son bras, vit le monstre battre en retraite.

Passant sous le bras de Harker avant qu'il n'assène un deuxième coup, Dracula traversa la pièce et se jeta contre la fenêtre. Dans un fracas de verre brisé, il tomba sur les dalles, en contrebas.

Les chasseurs coururent à la fenêtre, virent Dracula se relever indemne, traverser la cour et pousser la porte de l'écurie. Il se retourna et leur lança :

– Vous croyez pouvoir me vaincre avec vos pauvres figures pâles, alignés comme des moutons dans une boucherie. Vous le regretterez! Ma vengeance ne fait que commencer. Je l'étends sur des siècles, et le temps est de mon côté.

Avec un rire méprisant, il franchit la porte, et ses ennemis entendirent la serrure rouillée grincer quand il la referma derrière lui.

Godalming et Morris s'étaient rués dans la cour, Harker

avait enjambé le rebord de la fenêtre et s'était laissé choir pour suivre le comte, mais, quand ils eurent forcé la porte des dépendances il n'y avait plus trace de lui.

Renonçant à poursuivre Dracula, Van Helsing et Seward repartirent vers le hall. Ce fut le professeur qui parla le premier.

— Nous avons appris quelque chose — et c'est beaucoup! Malgré sa bravade, il nous craint. Il craint le temps, il craint le manque.

L'après-midi touchait à sa fin, le soleil se coucherait bientôt. Le cœur lourd, les compagnons de Van Helsing l'approuvèrent quand il déclara :

— Retournons auprès de madame Mina — pauvre, chère, madame Mina. Il ne faut pas désespérer : il ne reste plus qu'une caisse de terre et quand nous la trouvons, tout peut encore s'arranger.

Seward se rendait compte que le vieil homme montrait autant de bravoure que possible pour réconforter Harker.

A son retour à l'asile, le groupe fut accueilli par Mina. Lorsqu'elle vit leurs visages, le sien prit une pâleur de mort. Une seconde ou deux, elle garda les yeux clos, comme pour une prière secrète, puis elle lança d'un ton enjoué :

— Je ne vous remercierai jamais assez, tous. Oh! mon pauvre chéri!

Elle prit la tête grisonnante de son mari dans ses bras et l'embrassa.

Le ciel avait commencé à s'éclaircir avec les premières lueurs annonçant l'aube quand Mina réveilla son époux. Sa voix, son comportement étaient calmes, décidés.

— Jonathan, va chercher le professeur. Je veux le voir tout de suite.

— Pourquoi?

— J'ai une idée. Je pense que c'est maintenant, seulement maintenant, juste avant l'aube, que je peux parler librement... de *lui*.

Harker se hâta de faire ce que sa femme lui demandait.

Deux minutes plus tard, Van Helsing, drapé dans sa robe de chambre, entrait dans la pièce, cependant que Morris, lord Godalming et le Dr Seward s'arrêtaient sur le seuil.

Quand le professeur vit Mina, un sourire chassa l'anxiété de ses traits. Il se frotta les mains en disant :

— Ami Jonathan, nous avons notre chère madame Mina revenue parmi nous comme avant, aujourd'hui ! (Il se tourna vers elle, demanda avec entrain) : Et qu'est-ce que je dois faire pour vous ? Parce que, à cette heure, vous ne m'avez pas fait venir pour rien.

D'une voix presque normale, la jeune Mrs. Harker répondit à la question du professeur :

— C'est difficile à décrire, mais... *il* me parle, sans même tenter de le faire.

Le vieux chercheur hocha la tête. Il comprenait, au moins en partie. D'un ton tranquille, comme si Mina et lui étaient seuls, il reprit :

— Prince Dracula a une forte connexion mentale avec vous. Dans la vie, c'était un homme merveilleux. Soldat, homme d'État, alchimiste – à la pointe de la science de son époque. Il a eu assez de cœur pour survivre le tombeau.

Mina scruta les yeux de Van Helsing comme pour y trouver une étincelle d'espoir.

— Vous l'admirez donc.

Le professeur hocha la tête.

— Beaucoup. Son esprit est grand. (Il se pencha lentement en avant.) Mais plus grande est la nécessité de l'éliminer. C'est pourquoi je vous demande de m'aider à le retrouver avant qu'il est trop tard.

Déchirée par un terrible conflit intérieur, Mina murmura :

— Je sais que vous devez le combattre, le détruire, comme vous l'avez fait pour Lucy...

Tout en acquiesçant de la tête, Van Helsing eut un soupir de sympathie accablée. D'une voix morne, Mina poursuivit :

— Je sais aussi que je deviens comme lui. Quand je sentirai en moi la moindre envie de faire mal à ceux que j'aime, je mourrai.

Le professeur haussa les sourcils.

— Vous ne porteriez pas atteinte à votre propre vie, quand même?

— Je le ferais s'il ne se trouvait aucun ami qui m'aimât assez pour m'épargner une telle souffrance.

Il frappa la table du plat de la main.

— Non, je dis, cela ne doit pas être! Vous ne devez pas mourir d'aucune main, encore moins la vôtre. Jusqu'à ce que l'autre, qui a souillé votre douce vie, n'est pas vraiment mort, vous ne devez pas mourir, parce que s'il est encore un « nonmort », votre mort vous rend pareille à lui. Non, vous devez vivre!

Le regard de Mina passa de l'un à l'autre des hommes qui l'entouraient, unis par leur détermination à se battre pour elle. D'abord le professeur Van Helsing, ensuite son mari — croiser le regard de Jonathan exigea d'elle le plus gros effort —, puis le Dr Seward, Arthur Holmwood, et enfin Quincey Morris. Elle leur dit à tous :

— Je comprends que vous devez combattre. *Mais pas avec haine*. La pauvre âme perdue qui a causé toute cette souffrance est la plus affligée de nous tous. Vous devez avoir pitié de lui comme de moi. Pourquoi continuer à le pourchasser maintenant qu'il nous a fuis?

— Parce que, ma chère madame Mina, maintenant plus que jamais nous devons le trouver, même s'il faut le suivre au cœur de l'enfer!

— Pourquoi?

Solennel, Van Helsing répondit :

— Parce qu'il peut vivre des siècles, et que vous n'êtes qu'une mortelle. Nous devons craindre le temps, une fois qu'il a fait cette marque sur votre gorge!

Harker s'élança vers sa femme qui semblait sur le point de défaillir. Au prix d'un effort de volonté, elle se ressaisit.

— Je veux que vous m'hypnotisiez, dit-elle à Van Helsing d'une voix angoissée. Faites-le avant l'aube, car c'est alors que je peux parler librement. Vite, le temps presse!

Sans un mot, le professeur fit signe à la jeune femme de se

redresser. Il posa sa bougie sur la table de chevet, regarda fixement Mina et se mit à faire devant ses yeux des gestes de haut en bas, avec chaque main tour à tour.

Elle le fixa pendant quelques minutes puis ses yeux se fermèrent et elle demeura parfaitement immobile. Seul le léger mouvement de sa poitrine indiquait qu'elle était encore en vie. Le professeur fit encore quelques passes et s'arrêta, le front couvert de grosses gouttes de sueur.

Quand Mina rouvrit les yeux, ils avaient une expression lointaine et elle semblait ne plus être la même femme. Ceux qui s'étaient tenus un moment sur le seuil se trouvaient à présent dans la pièce et faisaient cercle au pied du lit. Levant la main pour réclamer le silence, le professeur dit à Mina d'une voix basse et monocorde :

— Sa destruction, c'est votre salut, madame Mina. Aidez-moi à le trouver.

— Il est parti, répondit-elle de façon inattendue. Je crois qu'il a maintenant quitté le pays.

— *Ja*, approuva le professeur. Nos chasseurs pleins d'expérience ont bien travaillé, hier. Nous sommes convaincus que nous avons détruit toutes ses caisses sauf une... Mais comment savez-vous, mon enfant, qu'il est parti?

— Oui, parti, murmura-t-elle. Et je dois le suivre. Je n'ai pas le choix. Il appelle.

Le vieil homme jeta un coup d'œil à ses compagnons, leur enjoignit à nouveau de se taire. Il attendit d'être sûr que la transe fût assez profonde pour demander à Mina avec douceur :

— Où allez-vous?

Un long moment s'écoula avant qu'elle ne réponde dans un murmure :

— Le sommeil n'a pas de lieu défini — je dérive, je flotte.

— Vers où?

— Je rentre chez moi... chez moi.

Le professeur réfléchit, plissa le front.

— Qu'est-ce que vous entendez? risqua-t-il.

Nouveau silence.

– Mère océane, répondit enfin la jeune femme. J'entends des vagues qui clapotent, comme sur une coque en bois. Un bouillonnement d'eau, des mâts qui craquent...

Le professeur se tourna vers ses compagnons, chuchota avec exaltation :

– Alors, nous l'avons réellement chassé d'Angleterre !

Les quatre autres hommes poussèrent des exclamations étouffées, se rapprochèrent de Van Helsing et de son sujet.

Après un coup d'œil à Mina qui lui apprit que la jeune femme sortait spontanément de sa transe, Van Helsing serra le poing et dit :

– Dieu soit loué, nous avons à nouveau une piste ! Le comte a compris qu'avec une seule caisse de terre, et une meute d'hommes qui le suit comme des chiens après un renard, Londres n'est pas un endroit pour lui. Cela signifie qu'il embarque son dernier cercueil à bord d'un bateau et qu'il quitte le pays. Taïaut, comme dirait notre ami Arthur. Notre vieux renard est rusé, mais moi aussi, et je devine son esprit en peu de temps.

Mina avait maintenant les yeux grands ouverts et écoutait en hochant lentement la tête.

Seward, qui l'observait, remarqua avec tristesse que, déjà, la dernière victime du vampire devenait maigre et pâle, que ses gencives se relevaient sur ses dents. Le processus de transformation était bien avancé.

18

Les Harker avaient grand besoin de repos, tout comme la petite troupe résolue qui protégeait le couple et était décidée à le venger de ses malheurs. Mais avant qu'un seul membre du groupe pût connaître quelque chose qui ressemblât à du repos, il était nécessaire de vérifier ce que Mina avait dit sous hypnose. C'est pourquoi, dès qu'il fit grand jour, les quatre compagnons de Jonathan se rendirent sur les docks de Londres.

Le soir, de retour à l'asile, Van Helsing fit pour Mina et son mari le bilan de la journée.

– Comme je sais que le prince Dracula veut retourner en Transylvanie, je suis sûr qu'il doit passer par l'embouchure du Danube, ou par la mer Noire, puisque c'est par là qu'il est venu.

» Nous cherchons donc quels bateaux partent pour la mer Noire hier soir. Il est dans un bateau à voiles : Mme Mina a parlé de mâts. Sur la suggestion de mylord Godalming, nous allons chez vos assureurs Lloyd's, où sont inscrits tous les bateaux qui naviguent.

» Là nous trouvons qu'un seul bateau à destination de la mer Noire part avec la marée. C'est le *Tsarine Catherine,* elle part du quai Doolittle pour Varna, et de là remonte le Danube. En plus, il y a ceux qui se rappellent avoir vu la lourde caisse en forme de cercueil chargée à bord, et l'homme grand, mince et pâle, avec des yeux qui semblent brûler, qui assiste au chargement.

» Donc, ma chère madame Mina, mon cher Jonathan, nous pouvons nous reposer un moment, parce que notre ennemi est en mer.

Les Harker échangèrent un regard, hochèrent la tête : la nouvelle n'était pas une surprise.

— Le voyage en bateau, c'est long, poursuivit Van Helsing. Nous allons plus vite par la terre et nous l'attendons là-bas. Notre meilleur espoir, c'est tomber sur lui, dans sa caisse, entre le lever et le coucher du soleil, car alors il ne peut pas beaucoup se battre, et nous lui administrons le traitement qu'il faut.

Pour la première fois depuis longtemps, les Harker et leurs amis pouvaient donc dormir avec le sentiment d'être en sécurité, et le premier jour qui suivit la confirmation du départ de Dracula fut passé à se reposer et à reprendre des forces.

Ensuite, les préparatifs de la phase suivante de la bataille progressèrent à grands pas.

Tout, pourtant, n'était pas satisfaisant, loin de là. Le 5 octobre, Van Helsing dit à Seward :

— Ami Jack, il y a quelque chose dont vous et moi devons parler seuls — pour commencer, en tout cas. Plus tard, nous mettons peut-être les autres dans la confidence.

— De quoi s'agit-il, professeur ? demanda Seward, bien qu'il craignît de le savoir.

— Mme Mina, notre pauvre, chère Mme Mina change.

Seward eut un frisson en entendant ses pires inquiétudes ainsi confirmées.

— La triste expérience de miss Lucy nous met en garde avant que les choses vont trop loin, continua Van Helsing. Je vois les caractéristiques du vampire venir sur son visage. Pour le moment, c'est un changement très, très mince : les dents un peu plus pointues, et les yeux plus durs, quelquefois.

Seward pensa que qualifier le changement de « très

mince » relevait peut-être d'un excès d'optimisme, mais il n'était pas enclin à discuter pour le moment. Le professeur poursuivit :

– Ma crainte est la suivante : si elle peut nous dire, en transe hypnotique, ce que le comte voit et entend, n'est-il pas vrai aussi que lui, qui l'a hypnotisée le premier, qui a bu de son sang et qui lui a fait boire le sien, peut obliger l'esprit de Mme Mina à lui révéler ce qu'elle sait ?

Seward acquiesça.

– Oui, y compris nos plans pour le retrouver.

– Alors, ce que nous devons faire, c'est la garder ignorante de nos intentions. Ainsi, elle ne peut pas dire ce qu'elle ne sait pas. C'est une tâche pénible, mais elle doit être. Quand nous la voyons aujourd'hui, il faut lui annoncer que, pour une raison que nous ne pouvons pas dire, elle ne doit plus assister à nos réunions mais seulement être gardée par nous.

Le professeur essuya son front qui s'était couvert de transpiration à la pensée de la souffrance qu'il causerait peut-être à la pauvre âme déjà si tourmentée.

Mais, quand vint l'heure de parler de stratégie dans le bureau du Dr Seward, Mrs. Harker fit parvenir un message au reste du groupe par l'intermédiaire de son mari. Pénétrant dans la pièce où on l'attendait, Jonathan annonça :

– Mina vous fait dire qu'elle pense qu'il vaut mieux qu'elle ne se joigne pas à nous. Elle estime qu'ainsi nous serons libres de discuter de nos plans sans être embarrassés par sa présence.

Soulagés, Van Helsing et Seward échangèrent un regard.

Cette question étant apparemment réglée, les ennemis de Dracula commencèrent aussitôt à préparer leur campagne. Van Helsing exposa les faits à ses compagnons.

– Le *Tsarine Catherine* a quitté la Tamise hier matin. Il lui faut, avec la plus grande vitesse possible, au moins trois semaines pour arriver à Varna, sur la mer Noire. Il y a l'Atlantique et toute la Méditerranée qu'elle doit traverser. Mais nous, nous voyagerons par la terre en trois jours.

» Si nous enlevons deux jours au voyage par bateau, du fait des conditions atmosphériques, puisque nous savons que le comte peut les influer, et si nous comptons un jour et une nuit pour les retards que nous pouvons subir, il nous reste une marge de presque deux semaines. Pour ne courir aucun risque, nous devons partir d'ici le 17 octobre au plus tard. Comme ça, nous sommes sûrs d'être à Varna la veille de l'arrivée du bateau. Bien entendu, nous partons tous armés – contre les choses mauvaises, aussi bien spirituelles que physiques.

Le matin du 6 octobre, Mina réveilla son mari de bonne heure et le pria de faire venir Van Helsing. Présumant qu'elle désirait une autre séance d'hypnotisme, Harker alla chercher le professeur sur-le-champ.

Il trouva le docteur déjà habillé, et la porte de sa chambre entrouverte, comme s'il s'attendait à cette demande. Le vieil homme se rendit aussitôt auprès de Mina, et lui demanda si les autres pouvaient venir aussi.

– Non, répondit-elle avec simplicité. Ce n'est pas nécessaire, vous pourrez les informer vous-même. Voilà : je dois partir avec vous.

Le Dr Van Helsing fut aussi interloqué que le mari de la jeune femme.

– Mais pourquoi? demanda le professeur après un instant de silence.

– Vous devez m'emmener. Je serai plus en sécurité avec vous – et vous aussi.

– Pourquoi, chère madame Mina?

– Je vous le dis maintenant que le soleil se lève. Je ne le pourrai peut-être plus ensuite. Je sais que, lorsque le comte m'appellera, je serai contrainte de le rejoindre. Si vous me laissez ici, en Angleterre et qu'il m'ordonne d'aller à lui en secret, j'irai – au risque d'abandonner Jonathan.

En prononçant ce nom, elle tourna vers son époux un regard empreint de courage et d'amour. Les yeux de Harker s'emplirent de larmes, et il ne put que lui presser la main.

– Madame Mina, vous êtes comme toujours pleine de sagesse. Vous venez avec nous et, ensemble, nous accomplirons la tâche qui nous attend.

Le professeur laissa son regard s'attarder sur la jeune femme, qui le soutint avec calme. Ce qu'elle venait de lui déclarer n'était qu'une demi-vérité. Pour dire toute la vérité, elle aurait dû ajouter qu'elle désirait éperdument retrouver son amant vampire. Il y avait des moments où, à sa grande honte, elle se sentait prête à abandonner son mari, à renoncer à sa vie, même, pour être avec Dracula.

Ce fut le matin du 12 octobre que les six poursuivants du vampire quittèrent enfin Londres par le train-bateau qui les amena à Paris le soir même, où ils prirent les places qu'ils avaient réservées à bord de l'Orient-Express.

Trois jours après avoir quitté Paris, ils étaient tous dans un wagon privé roulant lentement à travers la Bulgarie en direction du port de Varna, sur la mer Noire. Mina était à présent dans un état léthargique pendant la majeure partie de la journée. A l'aube et au crépuscule, moments où Van Helsing pouvait l'hypnotiser facilement, les propos qu'elle murmurait indiquaient que le comte poursuivait son voyage en bateau.

Ce jour-là, en s'éveillant vers midi, elle s'aperçut que le train s'était arrêté. C'est ce qui était prévu, pensa-t-elle : ils attendraient sur une voie de garage, près de Varna, des informations fraîches sur les mouvements de leur proie.

Mina et Jonathan étaient seuls dans le petit compartiment qu'ils partageaient. Il regardait fixement par la fenêtre, et l'on n'entendait que le murmure incessant de la pierre à affûter dont il caressait l'acier recourbé de l'arme meurtrière qu'il avait fait sienne.

Elle l'observa un moment en silence. C'était un homme fort différent du jeune avoué à qui elle s'était naguère fiancée, dans une autre vie semblait-il. Chaque jour ses cheveux grisonnaient davantage aux racines et aux tempes, processus qui avait dû commencer quand il l'avait découverte dans les bras de son amant. Soudain submergée d'émotion, elle s'écria :

189

— Mon pauvre Jonathan, que t'ai-je fait?

Harker sursauta, se retourna. Posant poignard et pierre, il devint toute tendresse et sollicitude pour s'efforcer de consoler sa femme.

— Non... non... non... C'est *moi* qui nous ai fait cela, à tous les deux.

Au moment même où il prononçait ces mots, il revit clairement ces trois femmes diaboliques et lascives qui le tentaient et lui faisaient honte en même temps. Il s'ordonna avec dureté de penser à autre chose, n'importe quoi au lieu de *cela*.

— Où est-il, maintenant? demanda-t-il.

Mina ferma les yeux. D'une voix à la fois désemparée et pleine d'espoir, elle répondit :

— Il est en mer, quelque part. Chaque fois que le professeur m'hypnotise, j'entends les vagues clapoter contre son navire. Le vent est fort.

Elle s'interrompit, reprit d'une voix faible :

— Il m'appelle à lui.

La gorge nouée, Harker considéra ce qu'elle venait de dire et fit à sa compagne un serment solennel :

— Mina, si tu meurs, je ne te laisserai pas partir seule.

Dans une autre partie de la voiture privée, vaste compartiment transformé en une sorte de salon, Seward promenait un regard indifférent sur la grisaille du paysage automnal bulgare aux portes de Varna. Quincey Morris, chaudement vêtu d'une veste en peau de mouton, achevait les préparatifs de la dernière phase de la chasse.

Avec son coutelas, il taillait en pointe plusieurs pieux en bois aussi épais que son poignet. Ce compartiment, comme la plupart des autres, était chauffé par un poêle dont un tuyau de métal évacuait la fumée à l'extérieur, et que des fils de fer tendus empêchaient de basculer. Le Texan en utilisait les flammes pour amener l'extrémité de ses pieux à la dureté requise.

Près de lui, il y avait quatre carabines Winchester qu'il venait de nettoyer et de graisser, ainsi que des munitions en quantité.

190

Au centre, sous une lampe accrochée au plafond, une grande table disparaissait presque sous une carte dépliée, des horaires de chemin de fer, des notes, divers télégrammes, et une montre de gousset qui égrenait inexorablement les heures.

Une porte s'ouvrit, lord Godalming entra en agitant une copie du dernier câble que venait d'apporter un messager spécial du consulat britannique de Varna.

– Nous sommes arrivés à Varna avant le *Tsarine Catherine* et sa cargaison diabolique, annonça-t-il.

Seward sortit de sa rêverie, se leva d'un bond et examina le contenu du télégramme. Il remarqua que le message, envoyé par Rufus Smith, Lloyd's, Londres, était adressé à lord Godalming, aux bons soins du vice-consul de Sa Majesté britannique, Varna.

Harker, couteau indien à la main, comme d'habitude, pénétra à son tour dans le compartiment. Lorsque les autres levèrent la tête pour s'enquérir des nouvelles qu'il apportait, il répondit d'un ton morne :

– L'état de Mina empire chaque jour.

Ses amis échangèrent des regards empreints de sympathie, mais il ne parut pas les voir.

– Quand même, reprit-il, regardant par la fenêtre, je n'ai plus peur de ce monstre. Je le tuerai moi-même du premier coup.

Il alla s'asseoir à côté de Quincey Morris, et se remit à affûter son poignard.

Il ne s'écoula pas plus de quelques minutes avant qu'un messager à cheval ne s'arrête près du train. Bientôt Holmwood ouvrit un autre télégramme, fort inquiétant, celui-là, de l'employé de la Lloyd's.

D'une voix amère, lord Godalming en donna lecture à ses compagnons de chasse : Dracula avait joué ses poursuivants en forçant le navire qui le transportait à pousser dans la nuit jusqu'au port de Galatz, également sur la mer Noire, mais au nord-est de Varna.

Rapidement, les chasseurs se réunirent autour de la table

pour tenir conseil. De l'index, Harker indiqua sur la carte la position présumée de Dracula, à Galatz, et la leur, à l'entrée de la ville de Varna. Trois cents kilomètres au moins les séparaient à vol d'oiseau.

Le jeune lord, qui avait ordonné au dernier messager d'attendre, s'empressa de donner par écrit les instructions nécessaires pour que leur voiture privée reparte le plus vite possible en direction de Galatz. Le trajet s'effectuerait via Bucarest.

Pendant ce temps, Harker, plus hagard que jamais, exhortait les autres avec une énergie farouche :

— Une fois à Galatz, nous le suivrons à cheval le long de la rivière, ce salaud, et nous lui couperons la route. Il ne faut pas le laisser parvenir au château.

Tandis qu'on trouvait une locomotive et qu'on y accrochait leur voiture, les chasseurs élaboraient leurs plans en détail. Quand il faudrait abandonner la voie ferrée, Seward et Quincey continueraient la poursuite à cheval, tandis que Jonathan et lord Godalming loueraient un bateau à vapeur et remonteraient l'une des rivières. Holmwood connaissait ce genre de navigation mais bien entendu, tout dépendrait du choix de la bonne rivière.

On examina ensuite les circonstances dans lesquelles les quatre hommes réuniraient éventuellement leurs forces. Là encore, la décision dépendrait de la route que Dracula ou ceux qui le transportaient choisiraient de prendre.

Pendant qu'on dressait ces plans, Mina rejoignit les chasseurs et reçut, comme à l'accoutumée, un accueil courtois. Van Helsing déclara :

— N'ayez crainte pour Mme Mina, je me charge d'elle, avec votre permission. Je suis vieux ; mes jambes ne sont plus aussi agiles à courir qu'autrefois, et je n'ai pas l'habitude de rester longtemps à cheval, ni de me battre avec des armes mortelles. Mais je peux lutter d'une autre manière et mourir, si besoin, aussi bien qu'un homme plus jeune.

» Je conduis Mme Mina au cœur même du pays de

l'ennemi pendant que le renard est dans sa caisse, flottant sur une rivière d'où il ne peut gagner la terre — où il n'ose soulever le couvercle de son cercueil de peur que ceux qui le transportent, effrayés, le laissent périr. Comme Jonathan, nous allons de Bistritz au Borgo et nous trouvons le chemin du château de Dracula. Il y a beaucoup à faire pour écraser ce nid de vipères.

Montrant ses émotions plus ouvertement qu'il ne l'avait fait depuis des jours, Harker demanda avec consternation :

— Professeur, voulez-vous dire que vous emmènerez Mina, dans son état, contaminée comme elle l'est par la maladie de ce démon, droit dans les mâchoires de son piège mortel?

Le professeur leva le menton comme s'il relevait un défi.

— Mon ami, c'est parce que je veux sauver Mme Mina de cet horrible endroit que j'y vais. Souvenez-vous, elle nous en avertit elle-même : si nous la laissons seule, il l'appelle peut-être à lui.

» De plus, si le comte nous échappe cette fois — et il est fort, rusé —, il peut choisir de dormir pendant un siècle. Et notre chère petite (Van Helsing prit la main de Mina, qui le regardait avec désespoir) ira le rejoindre, et deviendra comme ces autres femmes que vous avez vues, Jonathan.

» Pardonnez-moi de vous faire autant de peine mais c'est nécessaire. Mon ami, n'est-ce pas une nécessité absolue pour laquelle je donne, s'il le faut, ma vie? Ne craignez pas pour Mme Mina. C'est elle qui me protégera.

Jonathan, en plein désarroi, regarda un moment le vieillard puis haussa les épaules avec fatalisme.

— Faites comme vous voudrez, dit-il. Nous sommes entre les mains de Dieu. Et puisse Dieu le mettre *lui*, entre mes mains, juste assez longtemps pour que j'envoie son âme brûler en enfer!

19

La poursuite continuait, implacable.

Usant de toute son influence, lord Godalming était parvenu en quelques heures à faire accrocher leur wagon à un autre train, et le groupe partit pour Galatz plus tôt qu'aucun d'eux n'eût osé l'espérer. Avec anxiété, ils étudièrent leurs cartes. Bien qu'assez directe, la route de Varna à Galatz faisait un détour par Bucarest et, à leur consternation, des difficultés ferroviaires imprévisibles – contre lesquelles la richesse et l'influence ne pouvaient pas grand-chose – les retardèrent à proximité de cette cité.

Lorsqu'ils parvinrent enfin à Galatz, le lendemain matin, ils découvrirent une ville plus moderne que ce à quoi ils s'attendaient. Des lampes électriques éclairaient une partie des quais et bon nombre de rues étaient pavées. Dès leur arrivée, cependant que les Harker se chargeaient de trouver un hôtel et d'y faire porter les bagages, le reste du groupe passait à l'action. Bien qu'il parût vain d'espérer que Dracula se trouvât encore là, à leur portée, ils n'osaient écarter cette possibilité.

Lord Godalming et le professeur Van Helsing obtinrent de MM. Mackenzie et Steinkoff, agents de la firme londonienne Hapgood, l'autorisation de monter à bord du *Tsarine Catherine*, qui mouillait au port fluvial.

Le capitaine Donelson, un Écossais, ne vit aucune objection à les recevoir. Il leur parla – comme s'il brûlait de raconter ce prodige à quelqu'un – des conditions extra-ordinairement favorables dont son bâtiment avait bénéficié depuis le départ de Londres.

Oui, il se rappelait très bien la cargaison à laquelle ses visiteurs s'intéressaient : une grande caisse, en forme de cercueil. Cette caisse s'était effectivement trouvée à bord, mais elle avait été déchargée quelques heures plus tôt et expédiée à un certain Immanuel Hildesheim, à Galatz.

Hildesheim, qu'ils trouvèrent à son bureau, déclara avoir reçu une lettre d'un certain Mr. de Ville, de Londres, lui demandant de réceptionner la caisse et de la confier à un nommé Petrof Skinsky, qui travaillait avec les marchands slovaques remontant en bateau vers l'intérieur des terres.

Les chasseurs se lancèrent à la recherche de Skinsky mais ne purent le trouver. L'un de ses voisins leur apprit qu'il était parti deux jours plus tôt, information confirmée par sa logeuse. Ils étaient de retour au bureau de Hildesheim quand un autochtone y fit son entrée en courant et annonça qu'on avait retrouvé le corps de Skinsky dans un cimetière proche, la gorge ouverte. Les Anglais et leur ami texan s'éclipsèrent prestement pour ne pas risquer d'être mêlés à cette histoire et peut-être arrêtés.

Déçus, ils rejoignirent les Harker à l'hôtel.

Tout – des propos tenus par Mina sous hypnose, aux informations recueillies à Galatz – conduisait à la même conclusion : leur gibier poursuivait son voyage par bateau, mais on ne savait au juste quelle route Dracula avait choisie.

Pendant que les hommes prenaient une demi-heure de repos, Mina étudia le cours des rivières locales indiquées sur la carte et conclut que la Prout ou la Siret offrait un itinéraire possible. Elle fut bientôt prête à faire un rapport sous forme écrite et orale.

– A Fundu, la Siret est grossie par la Bistrita, qui fait le tour du col du Borgo. Cette boucle est manifestement le point le plus proche du château de Dracula auquel on puisse accéder par voie fluviale.

A la réunion suivante, ils mirent la dernière touche à leurs plans pour la phase ultime de la poursuite et passèrent à l'application.

Un jour ou deux jours plus tard, après la tombée de la nuit, Harker tenait son journal à la lueur de la chaudière du bateau à vapeur qu'ils avaient loué. Conformément aux plans, Holmwood et lui remontaient la Siret en cherchant son confluent avec la Bistrita, comme l'avait suggéré Mina.

« Nous ne craignons pas de filer à bonne allure dans l'obscurité, écrivait-il. La rivière est assez profonde pour nous éviter un échouage, et les berges assez écartées pour rendre la navigation facile, même de nuit.

« Lord Godalming (Harker qui, naguère encore, n'était que clerc d'avoué, éprouvait toujours de l'embarras à parler sans cérémonie de ceux qui occupaient un rang supérieur au sien) me conseille de dormir un moment car il suffit d'une personne pour assurer le quart. Mais comment pourrais-je dormir alors qu'un terrible danger plane sur ma chérie et qu'elle se rend dans cet horrible endroit?... Mon seul réconfort, c'est de penser que nous sommes entre les mains de Dieu. »

Le journal se poursuivait ainsi :

31 octobre : Le jour s'est levé, Godalming dort. Il fait un froid mordant, ce matin. Nous n'avons dépassé jusqu'à présent que quelques bateaux non pontés, dont aucun ne transportait de caisse ou de paquet de la dimension de ce que nous cherchons. Chaque fois que nous braquions sur eux notre lampe électrique, les mariniers effrayés tombaient à genoux et priaient.

1er novembre. Rien à signaler de toute la journée. Nous remontons maintenant la Bistrita, et si nous nous sommes trompés quant aux plans de Dracula, nos chances de nous rendre maître de lui – tout au moins sur l'eau – se sont envolées.

Nous inspectons toutes les embarcations, grandes ou petites. Ce matin, un équipage nous a pris pour un bateau des autorités roumaines et nous a traités en conséquence. Nous avons vu dans ce quiproquo un moyen de nous faciliter la tâche, et à Fundu, au confluent de la Bistrita et de la Siret, nous nous sommes procurés un pavillon roumain – trois bandes verticales rouge, bleu et jaune – que nous arborons depuis. On nous montre la plus grande déférence, et pas une fois on n'a soulevé d'objection à ce que nous demandons ou faisons. Plusieurs Slovaques nous ont dit qu'ils s'étaient fait dépasser par un grand bateau auquel un double équipage assurait une allure inhabituellement vive.

Bien que la rivière coule juste sous le château (je n'oublierai jamais un détail de la géographie de ce lieu maudit), elle est sans doute trop impétueuse à cet endroit – et sur quelques kilomètres en aval – pour qu'on puisse y naviguer. Le comte sera contraint de faire par la terre la dernière partie du voyage. Aussi, je m'accroche à l'espoir que nous retrouverons Mr. Morris et le Dr Seward à l'endroit convenu, et qu'ils auront avec eux les chevaux supplémentaires requis.

Les premiers jours de novembre apportèrent de la neige et un froid âpre dans les hautes Carpates.

Le 17, un chariot chargé d'une unique caisse de la dimension d'un grand cercueil, conduit et escorté par des Tsiganes progressait sur une route montagneuse en direction du château de Dracula, distant de quelques kilomètres seulement. Dans la caisse, une forme humaine, richement vêtue comme pour une importante cérémonie, reposait sur un lit de terre. La lumière du jour, l'inactivité et le manque de nourriture avaient plongé Dracula dans un état semi-comateux. Ses longs cheveux étaient devenus blancs; ses mains, son visage ridé avaient presque la même couleur.

Au même moment, sur une route proche menant au col du Borgo, Van Helsing conduisait un autre chariot avec Mina pour passagère. Deux chevaux leur avaient suffi quand ils avaient quitté Galatz, mais bientôt, après avoir plusieurs fois changé de bêtes à divers relais et auberges, ils finirent par opter pour un attelage à quatre chevaux qui accrut leur vitesse.

Enveloppé de fourrures pour se protéger du temps hivernal, le professeur tenait les rênes et, très fatigué, luttait pour rester éveillé. Assise à côté de lui, Mina somnolait, comme elle avait pris l'habitude de le faire pendant la majeure partie de la journée. Tout à coup, sans raison apparente, la jeune femme s'anima, montrant une excitation quasi enfantine.

Van Helsing ne commenta pas ce brusque changement d'humeur, mais vit un instant plus tard ce qu'il crut en être la cause : perché sur un rocher escarpé, un haut édifice de pierre qui ne pouvait être que le château de Dracula. Mina murmura d'une voix intense :

— Je connais cet endroit.

Le crucifix d'un vieux calvaire se dressait au bord de la route, mais la forme fixée sur la croix était si érodée par les ans et les intempéries que l'ambiguïté blasphématoire de sa tête de loup était à présent difficile à voir.

De fait, même Van Helsing n'en remarqua pas la particularité.

— Le bout du monde, commenta-t-il.

Le paysage, notamment les hauteurs vers lesquelles les voyageurs se dirigeaient, semblait effectivement lugubre, glacé, désolé.

— Nous devons continuer! l'exhorta sa passagère.

Préoccupé par cette exubérance, le professeur considéra la jeune personne dont il avait la charge et secoua la tête.

— Il est tard, mon enfant. Mieux vaut que je fais du feu et que nous reposons ici.

— Non, je dois continuer! Je vous en prie, laissez-moi partir.

Mina parlait avec une telle véhémence que seul un recours à la force, semblait-il, l'aurait empêchée de partir. Plutôt que tenter quoi que ce fût de ce genre, le vieil homme se résigna à continuer.

Il arrêta enfin les chevaux dans une petite clairière située à moins de deux cents mètres sous le château. Parvenue si près du but, Mina accepta de se reposer et d'attendre. Rapidement, car la nuit tombait, Van Helsing établit une sorte de campement. L'endroit offrant du bois mort en abondance, il fit un grand feu autour duquel, avec des miettes d'hostie consacrée et de l'eau bénite, il traça un grand cercle sur la terre dure couverte de neige.

Avec des gestes las, il prépara ensuite à manger : par bonheur, ils avaient pu se ravitailler en vivres frais à plusieurs étapes de leur voyage.

Mina, de plus en plus exaltée, s'était accroupie – posture que le professeur trouvait peu digne d'une dame – et regardait Van Helsing avec des yeux brillants. Toute trace de ses longues souffrances avait disparu.

Quand le contenu de la marmite posée près du feu fut réchauffé – c'était un reste du ragoût de la veille –, Van Helsing en remplit un bol et le porta à Mina.

– Vous devez manger quelque chose, mon enfant.

– Pourquoi avez-vous pris le pli de m'appeler « mon enfant » ?

Il ne répondit pas.

Elle accepta le bol qu'il lui tendait mais le reposa aussitôt près du feu.

– Je n'ai pas faim, dit-elle d'une voix claire mais lointaine.

Préoccupé par cette réaction, le vieil homme n'en était cependant pas surpris. Sans rien dire, il regagna sa place, de l'autre côté du feu, s'assit sur une souche et mangea en regardant la jeune femme avec inquiétude.

Soudain, à quelques mètres du cercle de lumière projeté par le feu, s'éleva un bruit qui le fit frissonner, comme si quelqu'un avait promené un doigt froid le long de son dos. Ce qu'il avait entendu, c'était le léger tintement d'un rire de femme, presque insupportable dans son exquise douceur...

Van Helsing avait peur de se retourner. L'expression du visage de Mina le glaçait. D'un œil intéressé, amusé, même, elle regardait quelque chose – ou quelqu'un – par-dessus l'épaule du professeur : à l'évidence, elle voyait parfaitement dans l'obscurité.

Derrière lui, là, tout près, dans la neige et dans la nuit, trois femmes avaient cessé de rire et parlaient une langue que Van Helsing comprenait, bien qu'il ne l'eût pas entendue depuis de nombreuses années.

— Toi, sœur près du feu, tu passeras la première, mais laisse quelques douceurs pour nous.

— Il est vieux mais robuste. Il y aura des baisers pour nous aussi...

— Nous festoierons toutes avant que le Maître n'arrive...

Le professeur ne doutait pas que Mina, bien qu'elle ne dût pas connaître cette langue ancienne, comprenait dans son état présent ce que lui disaient ces vampires qui se prétendaient ses sœurs. Pourtant elle ne semblait pas leur prêter particulièrement attention.

Le regard de la jeune femme, étrangement enjoué mais empreint de sympathie vint se poser sur Van Helsing. Il essaya de parler mais il avait la bouche sèche et, pour une fois, ne savait que dire.

Tout à coup Mina bondit — il n'y avait pas d'autre mot pour un mouvement aussi animal — et changea de position sur le rondin qui lui servait de siège. Sa cape de fourrure s'ouvrit comme par hasard, et la partie supérieure de ses vêtements fit de même. Un de ses seins se trouva brusquement à nu mais la jeune femme n'en avait apparemment pas conscience — ou n'en avait cure.

Ses lèvres rouges s'écartèrent en un sourire qui laissait penser qu'elle se rendait fort bien compte, en définitive, du désordre de sa tenue. Elle se leva d'un mouvement souple et gracieux, fit le tour du feu pour rejoindre Van Helsing.

Il ne bougeait pas, n'osait prononcer un mot et semblait incapable de quitter des yeux le corps partiellement dénudé de la jeune femme. Dans une lointaine partie de son esprit, il avait conscience que son émoi était comparable à ce que Jonathan Harker avait éprouvé au château : c'était ce que ressentaient toujours les victimes des vampires.

Mina s'assit tout près de Van Helsing – plus en amie qu'en séductrice, toutefois.

– Vous avez été bon pour moi, professeur. Je veux à mon tour faire quelque chose pour vous... quelque chose qui vous rendra joyeux.

Après l'avoir considéré un moment, elle ajouta :

– Vous dirai-je un secret?

– Quoi? marmonna-t-il.

Prononcer ce seul mot exigea un immense effort.

– C'est au sujet de Lucy, reprit Mina, dont les yeux noirs pétillaient d'un rire silencieux. Elle nourrissait pour vous des désirs secrets, elle me l'a dit. Et vous, vous avez dû avoir des pensées secrètes... Moi aussi, je sais ce que les hommes désirent...

D'abord, la caresse de Mina sur l'épaule de Van Helsing, sur son bras, sur ses cheveux, fut presque maternelle. Douce-ment, elle attira sa tête pour qu'il puisse s'appuyer sur elle. Comme il avait besoin de repos! Mais soudain – pourquoi n'avait-il pas compris que c'était inévitable – le sein nu, mamelon érigé, se pressa contre sa joue, entre ses lèvres...

Peut-être fut-ce uniquement les rires moqueurs des trois diablesses, à l'arrière-plan, qui lui permirent de rompre le charme. Avec un cri rauque, Van Helsing, faisant appel à toute sa volonté, réussit à échapper à l'étreinte de Mina. Les mains tremblantes, il sortit d'une poche intérieure de sa veste une boîte de fer-blanc, en tira une hostie.

– *Domine Christe,* Seigneur Jésus, bénis cette enfant! Délivre-la du mal...

L'hostie pressée contre le front de Mina en un geste de bénédiction eut un effet inattendu qui le fit reculer. La douce peau de la jeune femme se flétrit comme au contact d'un fer rouge.

Mina, marquée au front, fit un pas en arrière.

– Je suis à *lui!* cria-t-elle avant de s'effondrer sur le sol froid, haletante.

Van Helsing se hâta de renforcer la barrière du cercle

avec de l'eau bénite qui avait presque gelée dans sa flasque.
Quand celle-ci fut vide, il s'écroula lui aussi en murmurant à
Mina.

– J'ai perdu Lucy, je ne vous perdrai pas.

Les femmes de Dracula, frustrées, rôdaient au bord du
cercle en sifflant :

– Elle n'a rien à craindre de nous ! Elle est notre sœur,
maintenant !

Le professeur rassembla assez d'énergie pour les maudire.

– Prostituées du diable ! Catins de Satan ! Laissez-nous, ce
sol est sacré !

Furieuses et déçues, les trois femmes vampires se jetèrent
sur les chevaux qui hennirent de terreur mais ne purent leur
échapper. Van Helsing vit les femmes les déchiqueter sans
cesser de rire. Elles prirent leur temps, tuant les quatre bêtes
le plus cruellement possible, et le professeur assista à la
scène, impuissant, jusqu'à ce qu'il perde connaissance.

20

Le professeur recouvra ses esprits peu après le lever du soleil, frissonnant de froid malgré ses fourrures. Un long moment, il ne se rappela pas où il était, ni ce qu'il avait fait, puis il reprit conscience de la réalité cauchemardesque de sa situation.

A son grand soulagement, Mina dormait, paisible et décente sous ses fourrures, toujours à l'intérieur du cercle. Lentement, avec raideur, le vieil homme se mit debout, s'approcha avec précaution de Mrs. Harker, se pencha vers elle et écarta de son front ses cheveux noirs et son capuchon de fourrure.

Oui, c'était bien ce qu'il craignait.

A l'endroit où l'hostie avait touché la peau brûlait maintenant la marque du diable, rouge comme le péché.

Le professeur pensa que, contaminée par le sang du vampire, elle ne parviendrait pas à sortir sans aide du cercle sacré, pas plus que les trois femmes de Dracula n'avaient pu le franchir.

Celles-ci avaient disparu, battant en retraite, comme Van Helsing s'y attendait, avec le lever du soleil. Et il savait exactement, d'après le récit de Harker, où elles étaient allées. Il savait ce qu'il devait faire à présent – la terrible tâche qu'il était venu accomplir.

Les périls de la veille, culminant dans le massacre sadique des chevaux, l'avaient galvanisé en vue de cet effort – si tant est que sa résolution eût besoin d'être renforcée.

Avançant sur **des** jambes raides, engourdi par le froid, il ranima le feu, qui était presque mort. L'idée de manger l'écœurait mais il savait qu'il aurait besoin de toutes ses forces.

Détournant les yeux des corps mutilés des chevaux, le professeur alla au chariot, et tira du sac de vivres qui s'y trouvait du pain, de la viande séchée et du brandy.

Recroquevillée dans ses fourrures, Mina continuait à dormir. Autant que Van Helsing pût en juger, c'était un sommeil naturel – et si ce n'était pas le cas, il ne pouvait faire plus pour elle que ce qu'il avait déjà fait.

Après s'être forcé à manger, il but un peu de brandy, prit son sac – celui qui contenait les outils spéciaux dont il aurait besoin. Puis, tremblant de peur et d'excitation mêlées, il entreprit l'ascension vers la masse imposante du château.

Il regarda une seule fois derrière lui, avant de s'être vraiment éloigné. Il n'avait pas le choix : il devait laisser Mina sans protection pendant une heure ou deux, en plein jour. Le pire qui pouvait lui arriver, c'était d'être attaquée par des loups – de vrais loups, des bêtes de la nature. C'était un risque à courir, mais si son corps était menacé, son âme, du moins, serait sauve. Lui devrait se défendre d'un danger bien plus terrible.

Une heure plus tard, alors qu'il faisait grand jour, Van Helsing ressortit par la grille du château. Titubant de fatigue, il était à peine capable de marcher. Dans ses mains, serrées contre son manteau trempé de sang frais, il portait les têtes coupées des trois femmes vampires. Avec des cris rauques, le professeur jeta les trois objets macabres, un par un, dans le précipice.

A l'approche du crépuscule, Van Helsing, ayant dormi et mangé à nouveau, avait repris quelques forces – de même que Mina qui, au soulagement du professeur, parut presque normale à son réveil. Quand elle posa un regard intrigué sur le sang qui tachait son manteau, il marmonna quelque chose à propos des chevaux morts, et elle n'insista pas.

Après que le professeur l'eut persuadée de boire du thé chaud, ils décidèrent d'un commun accord de transporter leur campement d'une nuit sur un promontoire voisin d'où ils pourraient mieux surveiller la route la plus proche. C'était par là – si leurs estimations étaient exactes – que Dracula et ses poursuivants arriveraient.

Bien sûr, si ces estimations étaient fausses, les hommes sur lesquels Van Helsing comptait étaient peut-être déjà morts, et le prince vampire finalement vainqueur.

Mina fixait la route depuis des heures, semblait-il, quand soudain elle annonça :

– Il arrive !

Van Helsing regarda dans la même direction en plissant les yeux, ne discerna tout d'abord aucun mouvement. Avec une paire de jumelles, il finit par voir quelque chose qui le fit s'écrier :

– Ils font la course avec le crépuscule – ils arriveront peut-être trop tard ! Dieu nous garde !

Des hurlements de loups s'élevèrent de la forêt sombre couvrant les collines proches et le pied des montagnes. Au loin, parfaitement visibles dans les jumelles, un chariot et son escorte de Tsiganes à cheval se rapprochaient à vive allure. Derrière – et le professeur reprit courage à cette vue –, quatre cavaliers poursuivaient l'attelage. Une minute plus tard, les cris de rebelle de Quincey Morris retentirent jusqu'au promontoire où Mina et Van Helsing attendaient.

Des nuages de fumée, suivis par de faibles détonations, annoncèrent que les Winchester étaient entrées en action.

Mina avait-elle entendu un appel, bien que son compagnon n'eût rien perçu de tel ? Pour une raison quelconque, elle avait tourné le dos à la poursuite et s'était mise à grimper, avec un regain d'énergie, vers le château qui se dressait dans un ciel de plus en plus sombre.

Le professeur écarquilla les yeux, s'écria :

– Madame Mina ! Attendez !

Mais elle ne parut pas l'avoir entendu. Inquiet, Van Helsing la suivit d'un pas lourd.

Empruntant la route, le chariot avait plus de chemin à faire, mais il avançait plus vite que Mina et Van Helsing, contraints de progresser en terrain accidenté. Le véhicule passa en grondant devant eux. Tous deux le virent s'éloigner dans une succession d'embardées, cependant que le cocher fouettait ses bêtes épuisées, toujours escortées par des Bohémiens à cheval.

Derrière eux galopaient les chasseurs.

Le chariot avait presque atteint le château quand ses quatre poursuivants le rattrapèrent et entreprirent de l'arrêter. Avec des armes à feu, des sabres et de grands couteaux, trois Anglais et un Américain tentaient de percer la défense farouche que leur opposait ce qui restait d'escorte à Dracula.

Harker sauta de sa selle sur le chariot; le cocher le cingla de son fouet, mais Quincey Morris abattit l'homme.

Flanqué de ce qui restait des Bohémiens et de leurs assaillants à présent au corps à corps, le chariot s'engouffra dans le tunnel avec un bruit de tonnerre, pénétra dans la cour du château.

Mina et Van Helsing suivaient à pied, du plus vite qu'ils pouvaient. Le professeur ne parvenait pas à rattraper la jeune femme et manquait de souffle pour l'appeler.

Autour d'eux, les loups continuaient à hurler.

Ils arrivèrent dans la cour juste à temps pour assister à la conclusion du combat.

Seward embrocha un Tsigane de son sabre : Quincey, frappé par-derrière, tomba en continuant à se battre; d'un coup de pistolet, Holmwood abattit l'agresseur de Morris, dernier des alliés de Dracula.

Jonathan Harker, délaissant le combat qui faisait encore rage autour de lui, était monté sur le chariot et s'attaquait aux cordes maintenant la caisse de terre quand son couvercle vola en éclats. La forme au visage blême et aux cheveux blancs qui se trouvait à l'intérieur jaillit avec un rugissement, tenta de saisir Harker à la gorge. Les deux hommes roulèrent au sol.

Mina poussa un cri d'horreur quand son mari trancha la

gorge au comte d'une oreille à l'autre avec son grand couteau indien. Le sang de Dracula coula à gros bouillons.

Quincey Morris, puisant dans ses dernières réserves, se
releva et plongea en avant pour enfoncer son coutelas dans le
cœur du vampire.

Bien que la vie s'écoulât rapidement de lui, le monstre parvint à repousser le Texan. Chancelant, fixant au loin quelque
chose que lui seul pouvait voir, Dracula tourna le dos à ses
ennemis et battit en retraite vers la porte de la vieille chapelle.

D'un geste vif, Mina saisit la Winchester de Quincey,
s'interposa entre le monstre agonisant et ses ennemis victorieux. A leur stupeur, elle braqua la carabine droit sur son
mari.

Pour la première fois depuis des heures – des jours, peut-
être, l'expression meurtrière de Harker s'adoucit.

– Mina!

Dracula, dont le visage, horriblement transformé, devenait
l'image même de la mort, se tourna vers elle aussi.

– Mina? fit-il d'une voix tendre et aimante.

Pendant un long moment, elle soutint le regard du mourant puis, quand Dracula fit demi-tour et reprit sa progression vacillante vers la chapelle, elle le suivit lentement à
reculons, braquant toujours sa carabine sur le groupe
d'hommes. Dans un silence tendu, elle leur lança :

– Quand mon heure viendra, me ferez-vous la même
chose? *Le ferez-vous?*

Holmwood allait se jeter sur elle pour tenter de lui arracher l'arme mais Harker, comprenant à présent, tendit le
bras pour le retenir.

– Non, laissez-les. Laissez-la.

Van Helsing acquiesça de la tête.

Mina suivit Dracula dans l'entrée sombre de la chapelle,
referma la lourde porte au nez des quatre hommes.

Van Helsing lâcha l'arme qu'il avait ramassée, baissa la
tête et se mit à prier.

– Qu'est-ce qu'il y a, là-dedans? s'écria Holmwood.

Le professeur leva les yeux.

– La chapelle.

Personne ne lui demanda comment il le savait, ni d'où provenait tout ce sang séché sur son manteau de fourrure. Le vieil homme baissa à nouveau la tête et murmura :

– Qu'il repose en paix... Nous sommes tous devenus des fous de Dieu.

Pendant ce temps, Seward tenait dans ses bras un Quincey Morris agonisant. Il n'y avait rien d'autre qu'un médecin eût pu faire pour lui.

Dans la chapelle, Mina et Dracula s'étaient assis tous deux sur les marches de l'autel où, quatre siècles plus tôt, on avait étendu le cadavre d'Elisabeth.

– Tu ne peux pas me quitter, dit-elle. Je veux être avec toi
– toujours.

Elle saisit la poignée du coutelas encore fiché dans la poitrine de son prince, rassembla son courage pour le retirer.

Les doigts de Dracula, réduits, comme par magie, à un peu de peau sur de l'os, se portèrent vers l'arme pour l'en empêcher.

– Tu dois me laisser mourir, dit-il d'une voix semblable à un murmure de feuilles mortes.

Elle le regarda dans les yeux, l'enlaça, l'embrassa, carressa tendrement ses cheveux blancs.

– Non, je t'en prie. Je t'aime.

Il secoua faiblement la tête.

– L'amour mortel n'a pas de prise... sur nous. Notre amour durera éternellement. Libère-moi. Donne-moi la paix.

De l'autre côté de la porte, Harker faisait les cent pas nerveusement. Arthur Holmwood, qui marchait lui aussi de long en large, s'arrêta soudain pour frapper vainement du poing contre le bois. De la main, Van Helsing incita les deux hommes au silence.

Dans la chapelle, Mina eut l'impression que de vieux cierges, éteints depuis des siècles, se rallumaient. Peut-être était-ce simplement dû aux larmes qui troublaient sa vision, ou aux derniers feux du crépuscule qui embrasait d'une lueur rouge le vitrail, encore intact, de la haute fenêtre située derrière l'autel et sa grande croix...

L'ombre de cette croix tombait sur les marches où gisaient les deux corps encore vivants.

La femme se souleva, murmura à son bien-aimé : *« Une flèche pénétra dans ma chambre par la fenêtre – un message y était fixé. Ce fut trop. Je ne pus le supporter. »*

Lentement, Dracula ouvrit les yeux pour voir qui se penchait vers lui. Il sourit... c'était Elisabeth.

– Je ne pouvais supporter l'idée de vivre sans mon prince, continua-t-elle. Mais je vois que tu n'es pas parmi les morts. Tu vis, mon amour.

Ses mains habiles – les mains de Mina, les mains d'Elisabeth – saisirent à nouveau le coutelas dont la pointe perçait le cœur du « non-mort ». Tremblant, priant pour avoir la force nécessaire, elle ferma les yeux et s'effondra sur lui, enfonçant le long couteau jusqu'à la garde.

Quand elle rouvrit les yeux, le visage de l'homme allongé sous elle avait l'immobilité de la mort. C'était un visage jeune, paisible, magnifiquement humain.

Mina se leva lentement, se dirigea vers la porte close de la chapelle. A ce moment, Harker, incapable d'attendre plus longtemps, enfonça le battant et s'élança pour prendre sa femme dans ses bras. Elle sut alors, en voyant l'expression de joie de son mari quand il la serra contre lui, que la neige n'était pas plus pure que son propre front. La malédiction écarlate du vampire avait cessé. Le prince guerrier reposait en paix.

Matthew Costello
La chose des profondeurs

On a découvert il y a quelques années qu'existent à plusieurs kilomètres sous la surface des océans, près de sources chaudes, des formes de vie radicalement différentes de celles que nous connaissions jusqu'ici. Une expédition océanographique explore l'un de ces gouffres sous-marins et commet l'erreur de vouloir capturer un des étranges vers qui y ont élu domicile.

Lorsque l'on retrouve le bateau, tous ses passagers, sauf un, sont morts, comme dévorés de l'intérieur. Le seul survivant ne tarde pas à succomber lui aussi, de manière particulièrement atroce : un ver sort de son ventre et attaque les sauveteurs avant de disparaître dans la mer.

Cross, un spécialiste de la biologie marine, mesure aussitôt le danger : l'humanité est menacée par des parasites intelligents qui se reproduisent à une vitesse phénoménale. L'épidémie atteint New York où de plus en plus de personnes sont « habitées » par les vers. Notamment un célèbre prédicateur qui entreprend de pousser la population à se jeter dans la baie où les parasites attendent...

Le parfait mariage de la science-fiction et de la terreur. Des personnages attachants, un style extrêmement visuel. On se croirait au cinéma et, ici, tous les effets spéciaux sont réussis.

Graham Masterton
Apparition

David Williams et son fils Danny passent l'été sur l'île de Wight, dans une vieille demeure victorienne, Fortyfoot House, que David est chargé de restaurer. Très vite, il constate des phénomènes étranges dans la maison : bruits mystérieux, lueurs inexplicables et, surtout, présence d'une effrayante créature qui semble rôder dans le grenier, Brown Jenkins, un rat d'une taille monstrueuse.

Il apprend bientôt que la maison était un orphelinat en 1886 et que les enfants sont tous morts en l'espace de deux semaines. Épidémie? Ou bien les petits pensionnaires ont-ils été enlevés et tués au cours d'un rituel abominable?

Poursuivant ses recherches, David découvre que le toit de Fortyfoot House a été construit sur le modèle des ziggourats babyloniennes. Le grenier est en fait une porte sur le temps, qui permet d'accéder à 1886, date à laquelle les Grands Anciens firent une première tentative pour reprendre le contrôle de notre planète. Une seconde offensive se prépare...

Par l'auteur de *Manitou* et de *La Nuit des Salamandres,* Un roman fantastique d'une efficacité redoutable, d'une lecture fébrile autant que jubilatoire, où tous les ingrédients – apparitions, morts sanglantes, phénomènes de hantise et de possession – se conjuguent pour envoûter le lecteur.

Ramsey Campbell
Le soleil de minuit

« Pour ce qui me concerne, Ramsey Campbell est le meilleur auteur de romans d'horreur vivant, point final. »
                                                        Thomas Tessier.

Ben, orphelin depuis la mort de ses parents dans un accident de la route, s'enfuit de chez sa tante pour revoir Stargrave, son village natal. Dans le cimetière de l'église, il a rendez-vous avec une bien étrange créature...

Vingt ans plus tard, Ben, devenu auteur de contes pour enfants dont sa femme Ellen réalise les illustrations, apprend soudain que sa tante vient de mourir et lui lègue la maison familiale de Stargrave. Sous la pression d'Ellen et de leurs enfants, il accepte d'emménager dans la vieille demeure.

A mesure que l'hiver s'installe, Ben se sent de plus en plus attiré par la forêt environnante. A plusieurs reprises, il y rencontre d'étranges fantômes dans la neige, et s'éloigne progressivement de sa famille. Ses souvenirs d'enfant refont surface. Retrouvant les récits de son bisaïeul, folkloriste de renom mystérieusement disparu non loin du cercle polaire, il s'aperçoit qu'il a puisé là inconsciemment l'inspiration de ses propres contes. Il comprend alors que la créature de neige et de froid des antiques légendes existe bel et bien et que, depuis leur première rencontre, elle l'attend toujours dans le vieux cimetière.

Par le plus ambitieux et le plus respecté des auteurs de terreur britanniques, un roman envoûtant et macabre qui a obtenu le prix du meilleur roman fantastique 1992 en Angleterre.

Christopher Fowler
Le diable aux trousses

Il y a un million de façons de mourir.
Le diable les connaît toutes.

Londres est la proie d'une épidémie... par toute la ville,
des gens sont victimes d'accidents, aussi bizarres que san-
glants. Ceux-ci ne semblent pas avoir de liens, jusqu'à ce que
l'on trouve sur les victimes d'étranges bandes de papier cou-
vertes de hiéroglyphes indéchiffrables.

Harry Buckingham, un publicitaire, se trouve plongé au
cœur du mystère. Plusieurs de ses proches, son père, sa
secrétaire, et même un inconnu qui vient de lui voler sa voiture, meurent de manière atroce. Bientôt soupçonné, il lui
faut fuir la police et mener sa propre enquête. Aidé d'une
sympathique camionneuse punk, il découvre avec stupeur
qu'une multinationale a réussi à combiner l'antique magie
des runes et l'informatique la plus sophistiquée.

En réalité, c'est le Diable qui a lancé une OPA sauvage
sur l'ensemble de la société industrielle.

Et ses techniques de marketing sont d'une efficacité tout à
fait redoutable...

Christopher Fowler a su créer un nouveau style de roman
de terreur, à la frontière de la science-fiction.

En Grande-Bretagne, ses livres ont très vite séduit un
public débordant largement celui des amateurs traditionnels.

Cet ouvrage a été réalisé par la
SOCIÉTÉ NOUVELLE FIRMIN-DIDOT
Mesnil-sur-l'Estrée
pour le compte des Presses de la Cité
en décembre 1992

Imprimé en France
Dépôt légal : décembre 1992
N° d'édition : 6079 – N° d'impression : 22113